The
JUNGLE BOOK

The
Jungle Book

The JUNGLE BOOK

叢林奇談

迪士尼《森林王子》原著
孩子最難忘的動物文學經典

Rudyard Kipling 魯德亞德・吉卜林——著

聞翊均——譯

The
JUNGLE BOOK

叢林奇談

迪士尼《森林王子》原著·孩子最難忘的動物文學經典
【完整收錄1894年初版手繪插圖42幅】

作　　者：魯德亞德・吉卜林（Rudyard Kipling）
繪　　者：洛克伍德・吉卜林（J. L. Kipling）、威廉・達克（W. H. Drake）、
　　　　保羅・佛倫澤尼（P. Frenzeny）
譯　　者：聞翊均

小樹文化股份有限公司
總 編 輯：張瑩瑩｜責任編輯：謝怡文｜校　對：林昌榮
封面設計：周家瑤｜內文排版：洪素貞

讀書共和國出版集團
社　　長：郭重興｜發行人兼出版總監：曾大福｜業務平臺總經理：李雪麗
業務平臺副總經理：李復民｜實體通路協理：林詩富｜網路暨海外通路協理：張鑫峰
特販通路協理：陳綺瑩｜印務經理：黃禮賢｜印務主任：李孟儒
發　　行：遠足文化事業股份有限公司
　　　　地址：231新北市新店區民權路108-2號9樓
　　　　電話：(02) 2218-1417 傳真：(02) 8667-1065
　　　　客服專線：0800-221029
　　　　電子信箱：service@bookrep.com.tw
　　　　郵撥帳號：19504465遠足文化事業股份有限公司
　　　　團體訂購另有優惠，請洽業務部：(02) 2218-1417分機1124、1135

法律顧問：華洋法律事務所 蘇文生律師
出版日期：2021年4月8日初版

國家圖書館出版品預行編目資料

叢林奇談：迪士尼《森林王子》原著・孩子最難忘的動物文學經典【完整收錄1894年初版手繪插圖42幅】／魯德亞德・吉卜林（Rudyard Kipling）著；聞翊均譯 -- 初版 -- 新北市：小樹文化出版；遠足文化發行，2021.04
面；　公分
譯自：The jungle book

ISBN 978-957-0487-52-7(平裝)

873.596　　　　110003529

First Published in 1894 in English under the title *The Jungle Book*

小樹文化
官網

小樹文化
讀者回函

從動物故事喚起孩子內心的悸動，並從中獲得生命的啓發

文／徐明佑（華德福資深教師）

在閱讀《叢林奇談》這本書的時候，有很多情節讓我深深感動，特別是「在狼群中長大的人類孩子毛克利」，與「白海豹科提克」這兩個故事。

在華德福教育中，動物故事一直都扮演著陪伴生命成長的重要角色，能吸引孩子將自己的人格投射其中，而這個過程能讓孩子從看見自己開始，進而欣賞自己，最終將能超越自己。華德福教育創始人史代納博士（Rudolf Steiner, 1861－1925）用很富有圖像的方式描述：所有動物世界的心魂特質都存在於人之中，動物性在思想中蠢蠢欲動，而人得以透過精神靈性將之轉化成人。我認為《叢林奇談》的文學創作正是人類精神力量的結晶，更是靈性力量的彰顯！

狼孩子毛克利的故事，讓我們感受到自我認同與成長的共鳴

毛克利的處境帶給我許多成長歷程的共鳴，他在成為狼群一員與成為自己之間、從被狼群接納到被驅逐，內心的糾結與痛楚，正是自我認同在覺醒過程中的真實心情寫照。而當毛克利回到人類的族群之中，運用強大的能力為民除害，但是面對此時出現強搶功勞的貪婪長輩，在展現予取予求的醜陋樣貌時，毛克利卻能勇敢的選擇不與性惡妥協，以寬厚的心讓他安全離開。人的性惡招數正是自我進階成長時要面對的艱難課題，從人類的接納到惡意的遭受驅逐，毛克利選擇瀟灑的離開，進入與孤獨共處的更高境界。

這樣的故事對於小學生來說，為他們的生命成長種下了智慧的種子，這些人與動物之間互動的劇情，正是能讓人性提升的生動指引。東方的智慧說「長大成人」，成人代表著動物性的心理層次在成長中轉化；而孟子說「人之所以異於禽獸者幾希」，更顯示這個長大成人的功課，有著極高的難度。可喜的是，《叢林奇談》的故事力量**可以讓成長中的學子獲得的是：對於生命成長的感動，而這才是有別於說教、真正能讓孩子完成階段性蛻變的強大助力！**

白海豹科提克的故事，給我們勇氣邁向自己的人生目標

「白海豹科提克」的行動，帶給我許多激勵，讓我更勇敢的邁向自己的人生目標，我希望透過教育促成美好社會的實現，於是從華德福學校的實踐開始學習！科提克則是追求著美好的理想——寧靜之地，當他勇敢的在汪洋大海中探索時，他是如此的獨一無二，對比於大海又是如此渺小。當他遇見海牛的時候，他的積極快速被緩慢移動的海牛平衡，他的獨行果決被海牛頻繁的鞠躬會議平衡。走向平衡之路得要降伏內在的急躁，還得維持著信任的心念，而科提克最後終於理解海牛在溫暖海流中前進的行動智慧，並且發自內心的敬佩他們。找到了寧靜之地，但更艱難的挑戰卻是如何讓大家相信這隻年輕的白海豹，並且願意跟隨他遷徙。

這個故事有著更重大的人生寓意，訴說著時代的更替與提升，而每一個孩子都帶著實踐未來的美好圖像而誕生，獨一無二且心懷人生願景，並在學習中逐漸清晰。**科提克的故事能讓孩子內心的悸動被喚醒，正如能讓生命成長的酵母，鼓舞孩子延展心胸與器量。**

這本書還有好多感人的故事，以能讓孩子深深感動的筆觸書寫，大人在閱讀之後也一定能獲得生命的啟發。這是親子共讀的最佳書籍，也是孩子最珍貴的童年獻禮！

動物經典文學的背後——吉卜林的創作人生

一八六五年，即將在往後成為動物文學傳奇人物的魯德亞德．吉卜林，出生在炎熱的印度孟買。由於父親任職於印度「Sir J.J. 實用藝術學院」（Sir J.J. Institute of Applied Art），因此吉卜林的童年與一般英國孩子不同，出生在這樣一個炎熱、有著古老東方色彩的國度。

吉卜林從小在這樣的環境下生活，不免受到印度文化的影響，加上6歲後為了回到英國受教育，卻因為離開親生父母的關愛，被交由嚴厲而又冷漠的寄養父母照顧，這段6～12歲的時光，一直是吉卜林最難受的童年回憶。由於這段辛苦的童年，相比寒冷而帶有悲傷回憶的英國，印度在吉卜林的腦海中有著美好的回憶，因此比起認為自己是一個英國人，他更認同自己是一位「英裔印度人」。

▲吉卜林的父母

©Edward Poynton@Wikimedia Commons

▲魯德亞德・吉卜林

©Elliott & Fry@Wikimedia Commons

地方報社時期——初露頭角的吉卜林

脫離童年之後，吉卜林在17歲時回到了他心心念念的印度，並且先後在地方報社《公民軍事公報》（*Civil and Military Gazette*）以及《先驅報》（*The Pioneer*）擔任助理編輯，這段期間裡，他開始在報紙上連載短篇故事，並且集結出版為《山中故事集》（*Plain Tales from the Hills*）等短篇故事，打開了他在印度文壇的知名度。

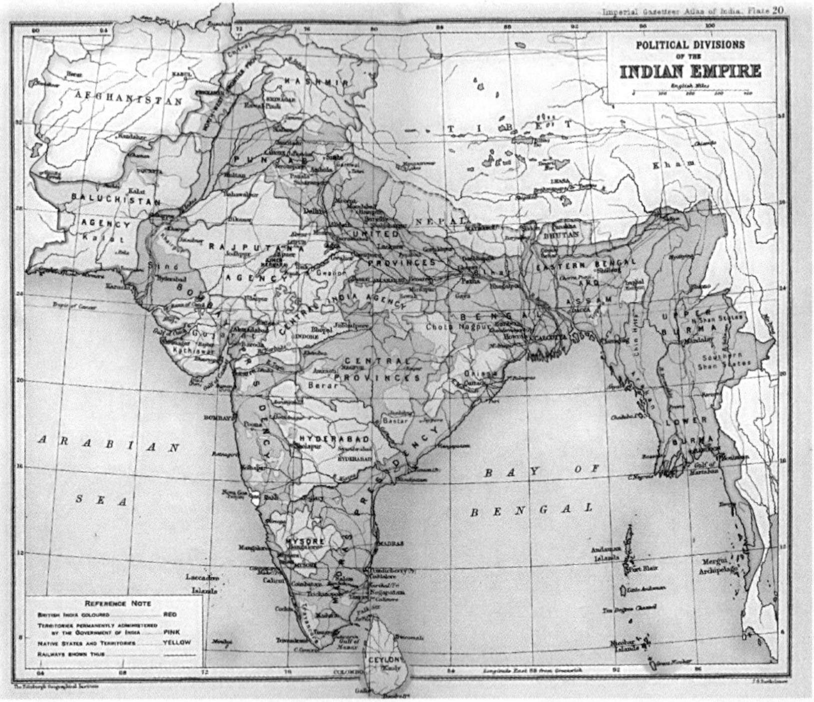

▲英國殖民下的印度版圖

©J. G. Bartholomew and Sons@Wikimedia Commons

然而，在印度度過七年的時光後，英國文學中心——倫敦，不斷的呼喚著吉卜林回去，也因此，吉卜林下定決心，帶著他僅存的所有財產、放棄了在印度的生活，毅然決然的回到英國。

兒童故事——吉卜林對孩子最深的愛與同理

吉卜林在英國的創作之路並不順遂，他的作品帶有濃濃的帝國主義，一直以來都被許多人詬病。寫作的壓力導致吉卜林的身心健康狀況愈來愈差，為了調養身心，吉卜林便聽從了醫生的建議，到各個國家旅行。

▲卡洛琳．吉卜林

@ Wikimedia Commons

在旅程中，吉卜林與妻子卡洛琳．吉卜林（Caroline Starr Balestier Kipling, 1862－1939）結婚，並且在美國

▲大女兒約瑟芬
@Wikimedia Commons

▲小兒子約翰
@Wikimedia Commons

佛蒙特州迎來了大女兒約瑟芬・吉卜林（Josephine Kipling, 1892 – 1899）的出生。新生命的到來為吉卜林的創作之路開啟了新的篇章，由於童年在英國寄宿家庭的悲慘生活，吉卜林對孩子總是有著最深的愛與同理，也因此開始為孩子創作故事，其中最有名的，便是這本書《叢林奇談》，以及為了回答孩子無窮盡的疑問所創作的《原來如此故事集》（*Just So Stories*）。

然而，吉卜林的大女兒約瑟芬在7歲時因病去世，而小兒子約翰・吉卜林（John Kipling, 1897 – 1915）也在第一次世界大戰中失去生命，這讓吉卜林的生命再次蒙上了陰影。吉卜林的三個孩子中，只有二女兒艾西・吉卜林（Elsie Kipling, 1896 – 1976）平安長大。

▲吉卜林的親筆簽名，以及卍字符
©Wikimedia Commons

▲吉卜林的作品封面，時常出現蓮花、大象
©Lockwood Kipling@Wikimedia Commons

最年輕的諾貝爾文學獎得獎者

一九〇七年，牛津大學教授查爾斯・歐曼（Charles Oman, 1860 – 1946）提名當時年僅42歲的吉卜林為諾貝爾文學獎候選人，且吉卜林最終獲得了該項殊榮。對於一九〇一年創辦的諾貝爾獎來說，吉卜林不但是當時第一位英語系獲獎者，也是最年輕的諾貝爾文學獎得獎者（時至今日，他依舊是最年輕的文學獎得獎者）。

一九三六年，吉卜林，由於「消化性潰瘍穿孔」而逝世，享壽70歲。吉卜林的一生不斷在各個國家旅行，然而我們可以從他的文字中看見，他最愛的依然是童年最美的回憶——印度。從他的書籍可以看見許多以印度為背景的故事與場景，在他初版的著作封面上，也經常

▲1926年9月27日《時代雜誌》封面上的吉卜林

©TIME@Wikimedia Commons

可以看到代表印度的蓮花與大象插圖，以及卍字符（或寫作卐，在吉卜林的解釋中，這是印度社會代表「好運」的象徵，然而許多人常常誤以為是納粹的符號）。

他的作品充滿豐富的想像力與深刻的故事敘述能力，就連美國知名作家馬克・吐溫（Mark Twain, 1835 – 1910），以及英國作家喬治・歐威爾（George Orwell, 1903 – 1950）都對吉卜林的作品讚譽有加。而他那多采多姿的故事情節，也讓讀者打開書後便不捨得放下，沉浸在吉卜林用文字創造的故事之海當中。

《叢林奇談》中的勇氣、愛與自由，以及人類與大自然的關係

《叢林奇談》這本書總共由五個主要故事組成，前三篇便是大家耳

▲晚年的吉卜林

©Elliott & Fry@Wikimedia Commons

▲《叢林奇談》初版封面

©Lockwood Kipling@Wikimedia Commons

熟能詳的狼孩子毛克利的故事，後四篇則是以動物為主角的獨立短篇故事。

長久以來，《叢林奇談》是否為兒童故事一直頗具爭議，對許多人來說，《叢林奇談》的部分場景對孩子來說太過血腥、殘忍。然而，這些動物故事依然對孩子有正面的影響，尤其是黑豹巴契拉與棕熊巴魯對毛克利的愛與照顧、狼孩子毛克利在叢林法則下學會尊重叢林法則，以及面對謝爾汗的威脅，毛克利如何運用勇氣與智慧來面對。

除了毛克利的故事，後續的〈白海豹科提克的夢想之島〉中，也讓讀者可以看見人類如何殘忍的對待其他動物，而白海豹科提克努力追求自己的夢想、永不放棄的精神，也值得我們佩服；〈蛇獴利奇與眼鏡蛇的大戰〉中，我們看見不畏危險、勇敢面對挑戰的蛇獴利奇如何戰勝眼鏡蛇；以及〈象群與馴象人圖瑪依〉中，從馴象人小圖瑪依的視角，來看待馴象以及叢林象的野性差異；最後，〈女王陛下的僕人〉則是運用軍隊中不同動物的擬人對話，呈現了吉卜林所認為的動物特質。

透過動物故事，孩子更容易看見角色的正面特質

孩子能夠透過動物之間的互動與交流，對比到人類的交流模式。因為對孩子來說，這些動物所展現單純的情感互動，更加純粹簡單，也因此儘管書中的情節對我們來說或許有點殘酷，但是在孩子的內心，他們更容易看見的是每一個主角所展現的正面特質。

除此之外，擬人化動物對成長中的孩子也是相當重要的故事元素。孩子很輕易的便能將自己套入擬人動物的角色，比起單純的人物故事，更能引起年幼孩子的共鳴，對家長與教師來說，是相當重要引導素材。也因此，《叢林奇談》的故事成為了世界各地孩子所喜愛的故事，並且不斷的被改編為卡通、電視劇、電影等等，在各個世代的孩子中，傳遞著勇氣與智慧。

1894	動物文學經典《叢林奇談》出版
1896	二女兒艾西·吉卜林出生
1897	小兒子約翰·吉卜林出生
1899	大女兒約瑟芬染上肺炎而逝世
1901	出版印度偵探小說《基姆》（*Kim*）
1902	出版經典兒童文學《原來如此故事集》
1907	獲得諾貝爾文學獎，不但是英國第一位，也是迄今為止最年輕的獲獎者
1915	年僅18歲的小兒子約翰於第一次世界大戰的「路斯戰役」（Battle of Loos）中身亡
1936	吉卜林因為「消化性潰瘍穿孔」逝世，享壽70歲

【大事紀年表】

吉卜林精采的人生

1865	魯德亞德·吉卜林出生於印度孟買
1871	6歲時與當時年僅3歲的妹妹一同被送回英國，由寄養家庭照顧
1878	吉卜林進入「三軍聯合學院」（*United Services College*），原是為了進入英國軍隊而準備
1882	吉卜林再次踏上印度，父親在巴基斯坦幫他找到了《公民軍事公報》助理編輯工作
1886	出版第一本詩集《部門曲》（*Departmental Ditties*）
1887	於《先驅報》擔任助理編輯
1888	出版短篇故事集《山中故事集》
1889	離開印度，開始旅行，他曾到過美國、緬甸、香港、日本等等國家，最後決定回到英國文學中心倫敦
1890	出版第一部長篇小說《消失的光芒》（*The Light that Failed*）
1891	吉卜林聽從醫生建議到海外旅行、休養身體，他到過南非、澳洲、紐西蘭，並再次踏上了印度
1892	與妻子卡洛琳·吉卜林結婚，並在美國迎來大女兒約瑟芬·吉卜林

目錄

〈狼孩子毛克利〉主要出場人物

人類男孩　毛克利

當毛克利還是個幼兒的時候，便因為瘸腳老虎謝爾汗的追殺而迷失在印度叢林裡。他被狼爸爸、狼媽媽收養、教育，並且跟隨棕熊巴魯與黑豹巴契拉的教導、遵循叢林法則、希望能在叢林找到生存的一席之地。然而，瘸腳老虎謝爾汗依舊虎視眈眈，究竟毛克利能不能擊敗謝爾汗呢？

瘸腳老虎　謝爾汗

謝爾汗自出生時便有一隻腳瘸了，他經常獵殺人類幼兒與家畜。然而人類男孩毛克利卻從他的虎口下逃走，加上狼群的庇護，謝爾汗只能在躲在暗處伺機而動。當毛克利長大、成為一個男孩時，謝爾汗的機會來了，他決定分化狼群、陷害狼群首領阿克萊，並且找尋機會追殺毛克利，究竟謝爾汗與毛克利的最終之戰，將會是誰勝誰敗呢？

豺狼　塔巴基

被稱為「舔盤者」的豺狼塔巴基經常到處惡作劇、製造謠言，因此狼群都很鄙視他。然而狼群也相當害怕塔巴基，因為他是叢林裡最容易發狂的動物。

棕熊　巴魯

愛睡覺的老棕熊巴魯是狼群幼崽的導師，負責教導狼崽叢林法則。他只吃堅果、樹根與蜂蜜，因此可以自由來去任何地方。

黑豹　巴契拉

全身墨黑的黑豹巴契拉和塔巴基一樣狡猾、和野水牛一樣勇敢、和受傷的大象一樣莽撞，叢林裡沒有一隻動物敢擋他的路。然而他卻用一頭公牛買下了毛克利的生命、讓狼群接納他，並且在往後教導毛克利許多叢林知識，是一位勇敢又聰明的朋友。

狼爸爸、狼媽媽

當年幼的毛克利被老虎謝爾汗追殺時，狼爸爸、狼媽媽收留的毛克利，並且將他當成自己的孩子般撫養長大。

狼群首領　阿克萊

席歐尼狼群首領，率領狼群狩獵十二個四季，然而因為年歲漸增、體力大不如前，被瘸腳老虎謝爾汗設計而失去了狼群首領的地位。

梅蘇雅

村莊首富的妻子。梅蘇雅的孩子在年幼時也被瘸腳老虎叼走，因此將毛克利當成自己兒子照料。

獵人　布德歐

村里的獵人，時常吹噓自己相當了解叢林動物。然而，他所說的叢林知識大部分都不是正確的，是一個驕傲又自大的男人。

1

狼孩子毛克利的兄弟

〈叢林夜曲〉

鳶鳥藍恩帶著夜色返家，
使蝙蝠曼格能自由飛翔。
牛羊被關在柵欄與小屋，
因為黎明前我們都行動自如。
這是驕傲與力量的時刻，
鷹爪和獠牙和虎爪。
喔，快聽那呼喚！——祝狩獵順利，
叢林法則，要好好維持！

▲豺狼塔巴基說：「狼的首領呦，祝你好運。」

這是一個溫熱的夜晚，在席歐尼山丘上，狼爸爸從這天的休息中醒來時是七點鐘，他搔搔癢，打了個呵欠，把腳爪一個接著一個舒展開，驅逐四肢末端殘留的睡意。狼媽媽躺在一旁，用大大的灰鼻子觸碰著她那四隻左翻右滾又不停嗷嗷亂叫的小狼崽，月光從洞口灑落在他們棲息的洞穴中。「哈啊！」狼爸爸說，「又到該狩獵的時候了。」正當他打算跳下山丘時，一個長著毛茸茸尾巴的小身影踏進山洞，哀怨的說：「狼的首領呦，祝你好運；祝福你高貴的孩子都有好運氣與健康的白牙齒，但願他們能把這個世界上遭受挨餓的動物一直放在心上。」

這位訪客是被稱做「舔盤者」的豺狼塔巴基，印度的狼群都鄙視塔巴基，因為他到處惡作劇、製造謠言，還會跑去鎮上的垃圾堆裡找碎肉和皮革碎片來吃。但他們同時也很怕塔巴基，因為他是整座叢林裡最容易發狂的動物，他一旦發狂就變得無所畏懼，在森林中四處亂竄，誰擋了他的路就咬誰。就連老虎也會在小塔巴基發狂時避開他，因為對野生動物來說，被瘋狂控制是最可恥的狀態了。我們人類把這種發狂稱做狂犬病，但是他們則稱之為「德瓦尼」——意思是發瘋。叢林裡的居民只要遇到這類動物就會躲開。

「那你進來看看，」狼爸爸生硬的說，「這裡沒有食物。」

「對狼來說的確沒有食物，」塔巴基說，「但是對於我這麼下等的生物來說，一根乾巴巴的骨頭就是豐盛大餐了。我們吉德洛（豺狼族群）哪有權利挑三揀四呀？」他小步跑到洞穴後方，找到了一根雄鹿的骨頭，上面還有一些殘存的肉，便坐在那裡津津有味的大口啃起了骨頭末端。

「真是太感恩你們提供的這頓大餐了。」他一邊說一邊舔著嘴。「這些高貴的孩子真是太俊俏了！他們的眼睛好大，真是太年輕了！對了，對了，我應該要記得，國王的孩子打從出生起就是真男人。」

塔巴基和其他動物一樣清楚，當著父母的面大肆讚美孩子是最觸霉頭的事了。看到狼爸爸和狼媽媽這麼不自在的樣子，讓他愉快極了。

塔巴基坐在原地，享受著自己的惡劣行為，然後充滿惡意的說：「謝爾汗老大要轉換狩獵場地了。他告訴我，下次滿月之前，他會在這裡的幾座山丘狩獵。」

謝爾汗是一頭老虎，他住在附近的瓦岡加河邊，距離這裡三十二公里遠。

「他沒有權利這麼做！」狼爸爸發怒了。「根據叢林法則，他無權在沒有提出警告之前改變自己的領地。方圓十六公里內的每隻獵物都會被他嚇跑的。而我……我這幾天還必須獨自狩獵我們夫妻倆的食物。」

「他媽媽把他取名叫做『朗格理』（瘸腳的）自然有她的道理。」狼媽媽平靜的說。「他出生時一隻腳就瘸了，這就是他為什麼只殺家畜的原因。他已經讓瓦岡加的村民怒火衝天了，現在他又要來這裡讓我們的村民憤恨不已。他們會為了找到他搜索這整座叢林，到了那個時候他早已離開，而當村民點燃草葉時，我們和孩子只能逃跑。沒錯，我們真應該好好感謝謝爾汗的大恩大德呢！」

「我是不是該向他轉達你們的感激之情呢？」塔巴基說。

「滾！」狼爸爸痛斥。「滾去和你的主人打獵吧。你今晚已經帶來夠多噩耗了。」

「我這就走。」塔巴基悄聲說。「你們應該聽得見謝爾汗在下方叢林裡的聲音了。我來這裡搞不好是多此一舉呢。」

狼爸爸側耳傾聽，在小溪川流而過的黑暗山谷中，他聽見那隻沒有抓到獵物，而且不介意整座叢林的動物知道這件事的老虎發出了乾渴、氣憤、急躁又不斷重複的嘶吼。

「那個蠢貨！」狼爸爸說。「夜晚的狩獵才剛開始就這麼吵！他以為我們這裡的雄鹿是他在瓦岡加那裡追捕的胖閹牛嗎？」

「噓！他今晚獵的不是雄鹿，也不是閹牛，」狼媽媽說，「他獵的是人類。」嘶吼聲轉變成低沉的哼聲，聽起來就像從四面八方傳來的一樣。這種聲音能迷惑伐木工和睡在空地的吉普賽人，有時候甚至能讓他們把自己送進老虎的嘴裡。

「人類！」狼爸爸說著，露出了雪白的牙齒。「我呸！樹幹裡的甲蟲和青蛙不夠他吃嗎，非要去吃人——而且還是在我們的地盤上！」

每一條叢林法則都有其道理，其中一條法則是禁止動物吃人，唯一的例外，就是動物需要向幼獸示範如何狩獵的時候，但是就算如此，動物也必須到自己的群落或部族之外的地方才能殺人。制定這條規則的真正原因是，殺人就代表未來遲早會有騎著大象、手持槍枝的白人，以及好幾百名拿著鑼鼓、鞭炮和火把的棕皮膚人類進入叢林。到時候，叢林中的所有生靈都會遭殃。而動物們則認為制定這條規則的原因是——人類是所有生物中最弱小、最沒有防備的物種，獵捕他們有失動物風範。他們也認為吃了人類的動物不但會得病，還會掉牙齒——而這一點，的確是千真萬確的。

哼聲愈來愈大了，最後終於轉變成老虎衝刺時的宏亮咆哮：「吼——！」

接著，又傳來了謝爾汗的哀嚎聲——聽起來一點也不像老虎的聲音。

「他沒有抓到獵物。」狼媽媽說。「怎麼回事？」

狼爸爸往外跑了幾步，聽到謝爾汗一邊在矮林中翻滾，一邊兇狠的喃喃自語、唸唸有詞。

「那個蠢貨太蠢了，他跳到伐木工人的營火上，燙傷了腳。」狼爸爸不屑的說。「塔巴基也跟在他身邊。」

「有東西往山丘上來了。」狼媽媽抖了抖一隻耳朵說。「做好準備。」

叢林中的樹叢輕輕抖動著，狼爸爸蹲低了後腿準備跳躍。若你當時在場，你會在下一刻看到世界上最不可思議的景象——狼爸爸跳躍到一半時停下了所有動作。他在看清楚自己的目標之前就已經起跳了，因此身軀在半空中停了下來。最後的結果就是他直直往空中跳了一．五公尺高，而落地時幾乎和起跳的位置一模一樣。

「人類！」他驚呼。「是人類的幼崽。快看！」

在他的正前方有一名被矮灌木絆住、才剛學會走路、裸著一身褐色肌膚的幼兒——在夜晚進入狼穴的生物中，這個小東西絕對是最柔弱、最愛笑的一個。他抬頭看向狼爸爸的臉，笑了起來。

「那是人類的幼崽嗎？」狼媽媽說。「我從來沒有見過人類幼崽。帶過來給我看看。」

對於時常移動狼崽的狼來說，他可以在必要時叼起一顆蛋也不會有絲毫裂痕。因此，雖然狼爸爸用嘴巴叼住了孩子的背，把他叼到狼崽之間，但是孩子的背上連一絲刮傷都沒有。

「他好小！又沒有毛，而且——他光禿禿的！」狼媽媽溫柔的說。小嬰兒把其他小狼崽往旁邊擠，往溫暖的皮毛靠過去。「啊呀！他正和其他孩子一起喝奶。原來這就是人類的幼崽啊。那麼，過去有任何狼曾誇口把人類幼崽和自己的幼崽養在一起嗎？」

「我聽說過這樣的事，但是無論是我們的狼群或我們的年代，都沒有發生過這種事。」狼爸爸說。「他全身上下沒有半根毛，只要用我的腳碰碰他，他就會被殺死了。但是妳看啊，他抬頭望向我們的時候沒有半點恐懼。」

▲老虎如雷般的吼叫聲響徹整個洞穴。

這時，洞口的月光被遮擋住了，是謝爾汗來了，他把自己巨大的方形頭顱和肩膀擠在洞口。塔巴基在他身後尖聲高喊：「吾王，吾王，那個東西跑到裡面去了！」

「謝爾汗的到來真是讓我們感到蓬蓽生輝呢。」狼爸爸嘴上這樣說，但是眼中卻充滿怒火。「謝爾汗有何貴幹？」

「我要找我的獵物。有個人類幼崽跑到這裡了。」謝爾汗說。「那個東西的父母跑了。把他交出來。」

正如狼爸爸所說，謝爾汗剛剛跳到了伐木工人的營火上，腳掌被燙傷的部位還在隱隱作痛，讓他怒火中燒。但是狼爸爸知道，洞穴入口太小了，老虎是進不來的。光是站在現在的位置，謝爾汗的肩膀和前腳就已經因為空間不足而受到阻礙，就像人類在木桶裡打架時會遇到的狀況。

「狼是自由的子民。」狼爸爸說。「他們只接受狼群首領的命令，不會理會一身條紋的家畜殺手。人類幼崽是我們的——我們可以自行選擇是否要殺掉他。」

「選不選擇都由不得你！你還在說什麼選擇？以我殺過的公牛為名，你以為我會因為尊重你們，而一直站在這個狗窩前嗎？現在發號施令的可是我，謝爾汗！」

老虎如雷般的吼叫聲響徹整個洞穴。狼媽媽抖了抖身體，讓幼崽留在原地，一個箭步躍到前方，她的雙眼像黑暗中兩輪綠油油的月亮，直視著謝爾汗火焰般的眼睛。

「現在回答你的可是我，拉克剎（惡魔）。人類幼崽是我們的，朗格理——對我來說就是如此！他不會被殺掉，他會活到能夠和狼群一起奔跑、一起狩獵；到了最後，聽清楚了，你這個只想要狩獵無毛幼崽、吃青蛙、殺魚的傢伙，他將會狩獵你！給我滾開，否則以我殺過的水鹿為名（我從來不吃挨餓的家畜），我會把你這個被烤焦的叢林動物，世上最瘸腳的東西親自送回你媽媽身邊！滾！」

狼爸爸驚嘆的看著這一幕。他幾乎快要忘記當時他和五隻狼打了激烈的一架才贏得狼媽媽青睞的日子了，也快要忘記她在狼群中自由奔跑時，他們把她稱做惡魔可不是什麼溢美之辭。謝爾汗或許敢面對狼爸爸，但是他可不敢和狼媽媽作對，因為他知道，他現在所站的地方能讓狼媽媽占盡優勢，而且她將戰到至死方休。所以他咆哮著從洞口往外退，等到他完全脫離洞穴後，他高吼道：「你們這種狗東西只敢在自家院子裡亂吠！到時候我們再來看看狼群會怎麼評論你們收養的人類幼崽。那隻幼崽是我的，他將會死在我的尖牙之下，你們這些尾巴像掃把的小偷！」

狼媽媽嘆了一口氣，一頭躺倒在幼崽之間，狼爸爸沉重的對她說：「謝爾汗說的是實話。我們一定要讓狼群看過這隻幼崽。狼媽媽，妳想要留下他嗎？」

「當然要留下！」她深吸一口氣說。「他在夜晚光溜溜的來到這裡，獨自一人又飢腸轆轆，但是他一點也不害怕！你看，他把其中一個孩子推到一旁去了。而且若我們不這麼做，那個瘸腳的劊子手馬上就會殺了他，然後跑回瓦岡加去，留下這裡的村民為了復仇而跑遍所有狼穴！留下他？我當然會留下他。躺好了，小青蛙。你這個毛克利呀──我要把你取名叫毛克利，這是青蛙的意思──以後你將要像謝爾汗獵捕你一樣，反過來獵捕他！」

「但是群狼會怎麼說呢？」狼爸爸說。

叢林法則清楚規定了每匹狼在結婚時都可以脫離狼群；但是等到他們的狼崽能

夠站立後，就必須把狼崽帶回去參加每個月滿月時舉辦的狼群會議，好讓其他狼能認識這些狼崽。在狼崽接受其他隻狼的檢視之後，他們就可以隨心所欲的到處亂跑，而且，在他們能夠殺掉第一頭雄鹿之前，狼群中的成狼不論有什麼理由，都不可以殺掉任何狼崽。若有成狼犯下了這樣的謀殺罪，他將會被處死；如果你仔細思考一分鐘，你會發現這個規定是必要的。

狼爸爸一直等到狼崽們能稍微奔跑之後，才在狼群會議的那晚把狼崽、毛克利和狼媽媽帶到會議岩頂去——會議岩頂位於山丘頂端，上面處處都是巨石與岩塊，能讓一百隻狼藏在這裡。靠著力量與機智帶領整個狼群的阿克萊，是一隻巨大的灰毛孤狼，他伸展著身體躺在他的石塊上，在他之下有四十幾隻毛色與體型各異的狼，有能夠獨自狩獵一頭雄鹿的棕灰色成狼，也有自以為能獨自拿下雄鹿的三歲年輕黑狼。目前為止，孤狼已經帶領他們一年了。他年輕時曾經兩度被狼陷阱抓住，還被人類痛打一頓丟在原地等死，所以他很熟悉人類的行為與習慣。

岩頂上沒什麼狼說話。狼崽在父親與母親端坐圍繞成的圓圈中央左翻右滾，成狼紛紛安靜的走向一隻隻狼崽，謹慎的審視他們，再踩著無聲的步伐回到原位。每隔一陣子，就會有一位母親將她的狼崽推到月光之下，確保其他成狼不會忽略他。阿克萊會在他的岩塊上呼喊：「你們知道法則——你們知道法則！狼群呀，看清楚

▲岩頂上的狼群會議。

了！」這時候，緊張的母親會跟著高聲喚道：「看呀——狼群，看清楚了！」

終於——狼媽媽在這一刻到來時豎起了後頸的短毛——狼爸爸在狼群叫到「青蛙毛克利」的時候把他推到中央，毛克利坐了下來，一邊玩著月光下閃閃發光的幾顆石頭，一邊咯咯笑。

阿克萊沒有抬起一直放在爪子上的頭顱，只是繼續用單調的聲音喊道：「看清楚了！」岩石後面傳來了一陣模糊的咆哮——是謝爾汗在大吼：「那隻幼崽是我的，把他交給我。自由的子民和人類的幼崽之間有什麼關係呢？」

阿克萊連耳朵都沒有動一下。他只是說：「狼啊，看清楚了！自由的子民和外人下的命令之間有什麼關係呢？看清楚了！」

狼群中響起了一陣陣低沉的低吼，接著一匹四歲的青年狼對阿克萊丟出了剛剛謝爾汗問的問題：「自由的子民和人類的幼崽之間有什麼關係呢？」

在叢林法則中，如果狼群在接納一隻幼崽時出現爭論，至少要有父母之外的兩名狼群成員表示支持，他才能留下。

「誰支持這隻幼崽留下？」阿克萊問。「在我們自由的子民中，有誰支持？」沒有人回答，狼媽媽已做好準備，她知道若等一下必須開戰，這將會是她這一生的最後一戰。

接著，狼群會議中唯一一位獲准與會的不同種族——愛睡覺的老棕熊巴魯，他負責教導狼崽叢林法則，而且只吃堅果、樹根和蜂蜜，所以可以自由來去任何地方——在狼群後方的位置用後腳直立起來，咕噥著發話了。

「人類幼崽，人類幼崽？」他說。「我支持人類幼崽留下。人類幼崽不會傷害任何動物。雖然我說的話不是什麼人生哲理，但是全都是實話。讓他和狼群一起奔跑，讓他和狼群共處吧。我會親自教導他。」

「還需要一位。」阿克萊說。「巴魯說他支持，他是幼崽的老師。除了巴魯之外，還有誰支持？」

一道黑色的陰影落在圓圈中。是黑豹巴契拉，他一身墨黑，但是在特定光線照耀之下，身上的豹紋就會像水波一樣隱約浮現。每個人都認識巴契拉，沒有人敢擋他的路，因為他和塔巴基一樣狡猾，和野水牛一樣勇敢，和受了傷的大象一樣莽撞。但是他的聲音就像樹上滴落的野生蜂蜜一樣柔潤，皮毛比羽絨更加綿軟。

「阿克萊啊，還有你們這些自由的子民們。」他輕柔的說。「我沒有權利參加你們的集會；但是叢林法則說，如果在迎接新幼崽時出現與殺生無關的疑慮，我們就能買下幼崽的生命。而且法則沒有規定買下生命的動物可以是誰或不可以是誰，我說的對嗎？」

「對！對！」那些總是處在飢餓狀態的青年狼說。「快聽聽巴契拉說的話。幼崽可以被買下來，法則就是如此。」

「我知道我沒有權利在這裡發言，因此我希望能獲得你們的准許。」

「說吧。」二十匹狼大叫。

「殺掉無毛幼崽是一件丟臉的事，而且等到他長大之後，或許會變成你們的好兄弟。巴魯已經表明他的立場了，現在除了巴魯的支持，我要再加上一頭公牛，而且是很肥美的公牛，才剛被殺死，距離這裡只有不到一公里的路程，只要你們根據法則接受人類幼崽，公牛就是你們的了。這可不是手到擒來的一頓大餐嗎？」

許多匹狼紛紛高聲疾呼：「有什麼關係呢？他會在冬雨中死去，他會在豔陽下被烤焦。一隻光溜溜的青蛙怎麼傷害得了我們？就讓他和狼群一起奔跑吧。巴契拉，公牛在哪裡？我們接受他。」這時，阿克萊低沉的嗥叫響了起來，他喊道：「看清楚了——狼群呀，看清楚了！」

毛克利還在玩手上的石頭，他沒有注意到那些一一到他身邊來審視的狼群。最後他們全都跑下山去吃那頭剛死的公牛了，只有阿克萊、巴契拉、巴魯和毛克利一家留了下來。謝爾汗的吼叫依然在夜色裡迴盪，他非常憤怒狼群沒有把毛克利交給他。

「唉呀，慢慢吼吧。」巴契拉的嘴在鬍鬚之下輕聲說。「到時候這個光溜溜的小東西將會把你的吼叫聲變成另一種聲調，我最了解人類了。」

「你們做得很對。」阿克萊說。「人類和他們的幼崽都非常聰明。他或許能在未來幫助我們。」

「沒錯，他能在我們需要時提供幫助，因為沒有任何一匹狼能永遠領導狼群。」巴契拉說。

阿克萊沉默不語。他想著每一群狼的首領終究會遇到的時刻，等到他失去了力量，變得愈來愈虛弱、愈來愈虛弱之後，他將會被其他匹狼殺死，新的首領就此誕生——而新首領也必將會被殺死。

「帶他走吧，」他對狼爸爸說，「把他訓練成能融入自由子民的人類。」

這就是毛克利靠著一頭公牛與巴魯的話語進入席歐尼狼群的故事。

現在，我們必須跳過接下來的十年至十一年間的故事，你只能暗自猜想毛克利在狼群中的生活有多麼美妙，因為若把所有故事都寫出來，將會寫太多、太多本書。他和狼崽一起長大，不過在他依然是個孩子時，那些狼崽就已經是成狼了，狼爸爸把他的知識都傳授給毛克利，也告訴他叢林中每一件事物有何意義，直到毛克利像商人理解自己辦公室裡的工作一樣，理解了叢林草葉發出的每一種聲響、夜晚溫熱空氣中的每一聲呼吸、頭頂上貓頭鷹的每一種鳴叫、蝙蝠棲息在樹上暫停時用爪子抓出的每一種刮擦聲、池塘裡的每一種小魚在跳躍時製造的每一種水聲，各自代表了什麼意義。不需要學習的時候，他會在外面的陽光下睡覺、吃飯，然後再去睡覺；他覺得太髒或太熱時，就到森林池塘去游泳；他想要吃蜂蜜時（巴魯告訴他，蜂蜜和堅果吃起來就像生肉一樣美味），他就用巴契拉教他的爬樹方式到樹上取蜂蜜。

巴契拉會躺在樹枝上叫道：「上來吧，小傢伙。」一開始，毛克利爬樹的動作像樹獺，但是後來，他就能像灰色的猿猴一樣大膽的在樹枝之間跳躍。狼群會議

▲巴契拉躺在樹枝上叫道：「上來吧，小傢伙。」

時，他在會議岩頂上也有一席之地，他在會議中發現，只要用力盯著某匹狼，對方就會被逼得垂下視線，所以他很喜歡為了好玩而盯著其他匹狼。

有時候，他會幫朋友把肉墊裡的荊棘拔出來，因為荊棘和帶刺的果實會讓狼感到非常痛苦。到了晚上，他會到山丘下的農地，好奇的看著小屋中的村民，但是他不信任人類，因為巴契拉帶他去看過一個被巧妙隱藏在叢林中的方盒子，盒子上有一扇柵門，他差點就走進去了，巴契拉說那是一個陷阱。

他最喜歡和巴契拉一起深入幽暗溫暖的森林中心，在令人昏昏欲睡的白日裡睡覺，在晚上看著巴契拉殺獵物。巴契拉肚子餓的時候會四處打獵，毛克利也一樣——不過對毛克利來說有一個例外。在他稍微長大、懂事之後，巴契拉告訴他，他絕對不可以碰牛群，因為他當初進入狼群的代價就是一隻公牛的性命。

「整座叢林都是你的，」巴契拉說，「你可以殺掉任何你有力氣殺掉的東西。但是因為公牛是你進入狼群的代價，所以你絕對不能殺牛或吃牛，無論小牛或老牛都不行。這就是叢林法則。」毛克利嚴謹的遵守著這個法則。

他就像普通的小男孩一樣長得愈來愈強壯，他在學習叢林知識時從來不知道自己是在學習，他思考時唯一想的事情就是他要吃什麼。

狼媽媽曾經告訴過他一、兩次，謝爾汗是不值得信任的動物，總有一天他必須殺掉謝爾汗；可是毛克利只是個男孩，雖然如果他能說任何一種人類語言，他一定會說自己是匹狼，但是事實上，他只是個男孩，所以他把這個每一隻青年狼必定會每分每秒記在心裡的忠告忘了。

他常常在叢林中遇到謝爾汗，因為隨著阿克萊愈來愈老、愈來愈虛弱，這隻瘸腳老虎和狼群中的青年狼之間的感情就愈來愈好，他們有時候還會跟在謝爾汗後面撿一些碎屑來吃，若阿克萊能用果斷的態度適當擴張自己的權勢，他絕對不會允許這種事情。接著，謝爾汗開始奉承這些青年狼，他說他很疑惑，他們這些傑出的年輕獵人怎麼會滿足於被一隻垂死的狼和人類幼崽領導。「他們告訴我，」謝爾汗這麼對他們說，「你們在會議上不敢直視他的眼睛。」這句話總是讓青年狼低聲咆哮著豎起毛髮。

巴契拉知道叢林裡的所有風吹草動，也聽說了謝爾汗的事情，他曾長篇大論的和毛克利提過一、兩次，說謝爾汗某一天會殺了他。毛克利總是笑著回答：「我有狼群和你呀，我還有巴魯呢，雖然他那麼懶，但是他會願意為我打一、兩場架吧。我為什麼需要害怕呢？」

在一個溫暖的日子裡，巴契拉聽說了一件事——這件事源自他原本就聽說過的事。轉告他這件事的動物或許是豪豬伊奇，但是他等到和毛克利一起進入了森林深處、等到男孩把頭倚靠在他美麗的黑色皮毛上時，巴契拉才說：「小傢伙，我跟你說過幾遍謝爾汗是你的敵人了？」

「那棵樹上有多少顆堅果，你就跟我說過那麼多次。」毛克利說，他自然不會數數。「怎麼了嗎？我好想睡覺，巴契拉，而且謝爾汗就只是個尾巴很長、講話很大聲的傢伙罷了，就和孔雀阿毛一樣。」

「但是你沒有時間睡覺了。有一件事情是巴魯知道、我知道、狼群知道，就連最蠢、最蠢的鹿都知道的事。塔巴基也跟你說過這件事。」

「哈！哈！」毛克利說。「塔巴基不久前跑來找我，他無禮的告訴我，我是個光溜溜的人類幼崽，不適合在這裡挖山胡桃。但是我抓住了塔巴基的尾巴，把他丟向棕櫚樹兩次，幫他上了一課。」

「你做了一件蠢事，雖然塔巴基喜歡惡作劇，但是他也會透露與你密切相關的事情。睜開雙眼看看吧，小傢伙！謝爾汗不敢在叢林裡殺掉你，是因為他害怕那些愛你的動物；但是你要記得，阿克萊已經很老了，他很快就無法殺掉公鹿了，等那一天到來的時候，他就再也不是狼群領袖。在你初次進入會議時看顧你的許多狼也都老了，而那些青年狼都相信謝爾汗教導他們的話，他們認為人類幼崽在狼群中沒有任何地位。沒多久之後，你就要成為人類了。」

「難道我變成人類之後，就不能和我的兄弟一起奔跑了嗎？」毛克利說。「我生在叢林、遵守叢林法則，狼群中的每一匹狼都曾對我伸出爪子，讓我拔出上面的荊棘。他們當然是我的兄弟啊！」

巴契拉伸了一個大大的懶腰，半垂下眼簾。「小傢伙，」他說，「你摸摸我的下巴下面。」

毛克利攤開強壯的棕色手掌，摸了摸巴契拉如絲綢一般的下巴，巴契拉光滑的毛髮掩蓋住了巨大結實的肌肉，毛克利在肌肉上摸到了一小塊光禿禿的皮膚。

「叢林裡沒有任何動物知道，我巴契拉身上有這塊疤痕——這是項圈的疤痕。小傢伙，我是在人類之中出生的，而我的母親也是在人類之中死亡的——她在烏代浦國王宮殿之中的籠子裡死去。正是因此，我當初才會在會議上付出代價交換你這個光溜溜的小幼崽。沒錯，我出生於人類之中，我過去從來沒有見過叢林。他們把我關在鐵柵欄後面，用鐵盤子餵養我，直到有一晚，我覺得自己是巴契拉、是一隻獵豹，而不是人類的玩物，於是我一揮爪子就打壞了那個愚蠢的鎖頭，跑了出來；因為我懂得人類的行為，所以我在叢林裡才能成為比謝爾汗更可怕的存在。你說，是不是這樣呢？」

「是的，」毛克利說，「整座叢林的動物都害怕巴契拉——只有毛克利除外。」

「噢，你的的確確是人類幼崽呀，」黑豹極其溫柔的說，「就連我都必須回到我的叢林，你也一樣，終究必須回到你的人類之中——那些人類是你的兄弟——但前提是，你沒有在會議上被殺掉。」

「但是為什麼——為什麼會有狼想要殺掉我呢？」毛克利說。

「看著我。」巴契拉說，於是毛克利直直的看向他的雙眼，而獵豹在半分鐘內就把頭轉開了。

「這就是原因。」他一邊說，一邊用腳掌撥弄樹葉。「就連我也無法直視你，而我可是在人類之中出生又愛著你的動物啊，小傢伙。其他狼恨你，是因為他們不敢和你對視、因為你擁有智慧、因為你替他們拔出腳掌中的荊棘——因為你是人類。」

「我不懂這些事情。」毛克利繃著臉說，他皺起了濃黑的眉毛。

「叢林法則是什麼？先攻擊，再說話。因為你行事草率，他們全都知道你是人類了。但是以後要聰明一點。我心裡很清楚，等到阿克萊在下一次獵殺中失敗——如今每一次狩獵，他都要付出愈來愈多代價才能殺死雄鹿——狼群就會開始對付他，也會開始對付你了。他們會在岩頂舉辦叢林會議，到時候……到時候……我想到啦！」巴契拉跳了起來。「你快去山谷中的人類小屋，拿一些他們種在那裡的『紅花』來，如此一來，等到關鍵時刻，或許你就能擁有一個比我、巴魯或狼群中愛你的那些狼更強大的盟友了。去拿紅花！」

巴契拉說的「紅花」指的其實是「火」，只不過叢林裡沒有任何動物會用「火」這個真正的名字稱呼它。所有野獸都非常怕火，他們創造了一百種描述火焰的方法。

「紅花？」毛克利說。「早晨的時候紅花會長在他們的小屋外面。我會去拿一些來的。」

「這才是人類幼崽該說的話。」巴契拉驕傲的說。「你要記得，紅花是長在小籃子裡的。快快把紅花拿來之後，要好好保存它，等需要的時候拿來用。」

「沒問題！」毛克利。「我這就去。但是你確定嗎，我的巴契拉呀，」他用手臂環繞住巴契拉美麗的脖子，深深看進那雙大眼睛中，「你確定這一切都是謝爾汗在背後搞鬼嗎？」

「我可以用那副讓我獲得自由的壞掉鎖頭為名發誓，我很確定，小傢伙。」

「那麼，我用買下我的那頭公牛為名發誓，我會讓謝爾汗為謠言付出代價的，或許比他該付出的代價更多。」毛克利說完後便跳躍著離開了。

「這才是人類，這才是真正的人類。」巴契拉自言自語著再次躺下。「喔，謝爾汗，你在十年前的那次獵青蛙行動真是史上最災難性的一次狩獵了！」

毛克利在森林裡跑得愈來愈遠、愈來愈遠，他用盡全力奔跑，整顆心臟都熱騰騰的。他在傍晚起霧時來到了洞穴，深吸了一口氣後，往下面的山谷望去。狼崽都出去了，但是在洞穴深處的狼媽媽從毛克利的呼吸聲就能聽出來，她的小青蛙很煩惱。

「孩子，怎麼了？」她說。

「有些蝙蝠在討論謝爾汗的事。」他回答。「我今晚要在農田間狩獵。」接著他穿過樹叢往山丘下狂奔，來到了山谷底部的溪流前。他聽到了狼群狩獵的聲音，便停下來仔細聆聽，遠處傳來他們狩獵水鹿的低吼聲與鹿在絕境中轉向的喘氣聲，接著傳來的是青年狼邪惡又憤恨的嚎叫：「阿克萊！阿克萊！讓孤狼展現他的力量。讓出空間給我們的狼群領袖！阿克萊，跳啊！」

孤狼想必是在起跳後失敗了，因為毛克利聽到他的牙齒咬空的聲音，接著傳來他被水鹿用前蹄踢中的叫喊。

他不再等待，直接往前衝。隨著他往村民居住的農地跑去，叫喊在他背後變得愈來愈微弱。

「巴契拉說的話是真的。」他氣喘吁吁的跑到一棟小屋窗外、窩在牛飼料旁。「明天就是決定阿克萊和我生死的日子。」

他把臉貼在窗戶上，看著壁爐裡的火焰。他在夜色中看見男人的妻子站起身，用黑色的石塊餵養火焰。早晨到來後，外面瀰漫著冰冷的白霧，他看到男人的孩子拿起一個裡面塗抹了灰泥的柳條籃子，把一塊塊熱燙的紅碳放進去，接著把籃子放到披肩下，然後走出屋子去牛棚照顧牛。

「只要這樣就行了嗎？」毛克利說。「如果連幼崽都能做到，就沒有什麼好恐懼的了。」他大步走向轉角、站到男孩面前，並把男孩手上的籃子拿走，在男孩恐懼的尖叫聲中消失在霧裡。

「他們跟我很像。」毛克利一邊說，一邊往籃子裡吹氣，他看到那個女人這麼做過。「要是不拿點東西餵它，它就會死掉。」他在紅色的東西上丟了一些樹枝和乾樹皮。毛克利在爬上山丘的半路上遇到了巴契拉，他毛皮上的晨露像月長石一樣閃閃發光。

「阿克萊狩獵失敗了。」黑豹說。「他們昨晚本來想要殺掉他，但是他們也想要殺你。所以在山上到處找你。」

「我昨晚在農田裡。我準備好了，你看！」毛克利拿起火籃。

「很好！聽好了，我看過男人把乾樹枝戳進那個東西裡面，接著紅花馬上就開在樹枝的一端。你不害怕嗎？」

「不怕。我為什麼要怕？我現在想起來了，如果那不是夢的話。在我成為狼之前，我曾經躺在紅花旁邊，紅花讓我覺得溫暖又愉快。」

毛克利那一整天都在洞穴裡照顧他的火籃，把乾樹枝往裡面戳一戳，看看會變成什麼樣子。他找到了一枝讓他滿意的樹枝，到了晚上，塔巴基來到洞穴，用非常無禮的態度告訴他狼群要他去會議岩頂時，他大笑起來，直到塔巴基跑走還在笑。接著毛克利一邊笑，一邊去參加會議。

孤狼阿克萊躺在他的岩石側邊，代表狼群首領的位置現在空出來了，而謝爾汗帶著跟隨他吃碎屑的那群狼堂而皇之的來回走動，看起來非常得意。巴契拉趴在毛克利身旁，火籃則安放在毛克利膝間。等他們全部聚集在一起時，謝爾汗開口了——他在阿克萊的全盛時期絕對不敢這麼做。

「他沒有權利。」巴契拉悄聲說。「去吧！他是狗的兒子，他會被你嚇壞的。」

毛克利跳了起來。「自由的子民啊，」他大喊，「現在是謝爾汗在領導狼群嗎？這隻老虎跟我們的狼群首領有什麼關係？」

「我看到首領的位置即將空出來了，有些狼要求我告訴——」謝爾汗開口。「誰要求你？」毛克利說。「難道我們全都是豺狼，都想要奉承這隻專殺家畜的屠夫嗎？狼群的領袖只和狼群有關。」

這時出現了許多喊聲：「安靜，你這個人類幼崽！」「讓他說話，他遵守我們的法則！」最後是狼群中的年長成員以雷霆之聲喊道：「讓死狼說話！」

狼族首領在獵捕失敗，但依然活著的時候會被稱做「死狼」，而按照慣例，他能活著的時間也不會太長。

阿克萊疲憊的抬起蒼老的頭顱：「自由的子民啊，還有你們這些謝爾汗手下的豺狼啊，我曾領導你們狩獵十二個四季，從來沒有一匹狼在這段時間落入陷阱或者重傷成殘疾。現在我在狩獵時失敗了，你們都知道這個陰謀是如何發生的，你們都知道要如何把我帶到一頭精神煥發的雄鹿面前，使我展現出弱點。你們有些小聰明。現在，你們有權利在會議岩頂上殺掉我。所以我要問你們：『誰要上來終結孤狼的性命？』因為依據叢林法則，我有權利要求你們一隻接著一隻來。」

沉默籠罩了岩頂，沒有一匹狼膽敢獨自和阿克萊纏鬥至死。接著，謝爾汗咆哮道：「哈！我們幹麼理會這個沒有獠牙的蠢蛋？他早晚注定要死了！活太久的是人類幼崽才對。自由的子民啊，他從一開始就該是我的一頓大餐。把他交給我。我已經厭倦讓人類和狼群混在一起這種蠢事了。他已經擾亂叢林十個四季了。把人類幼崽交給我，否則我將永遠在這裡狩獵，連一根骨頭也不留給你們！他是個人類——是人類幼崽，我打從骨子裡痛恨他！」

接著，超過一半的狼高喊道：「他是個人類——人類！人類和我們有什麼關係？讓他回去原本的地方。」

「然後讓全村的人都來對付我們嗎？」謝爾汗厲聲說。「不行。你們應該把他交給我。他是個人類，我們之中沒有誰能直視他的眼睛。」

阿克萊再次抬起頭，他說：「他吃的是我們的食物，他和我們一起入睡，他替我們驅趕獵物，他沒有違反叢林法則中的任何一個字。」

「而且，在你們接受他時，我用一頭公牛買下他了。公牛不是多大的代價，但是巴契拉或許會為自己的榮譽奮戰。」巴契拉用最輕柔的聲音說。

「十年前付給我們的公牛！」狼群厲聲吼道。「誰會在意十年前的骨頭啊？」

「難道你們不在意承諾嗎？」巴契拉說，他掀起嘴唇露出雪白的獠牙。「你們還自稱為自由的子民呢！」

「人類幼崽不該和叢林的子民一同奔跑！」謝爾汗說。「把他交給我！」

「除了血緣不同，他是我們真正的兄弟，」阿克萊繼續道，「而你們會在這裡殺了他。是的，我已經活得太久了。你們之中有些狼變成了吃家畜的狼，我還聽說有些狼在謝爾汗的教導下，在暗夜裡到村民門口去抓小孩子，因此我知道你們是懦夫，我現在就是要對這些懦夫說話。我的確得死，我的生命已經沒有價值了，若還有價值，我會用來維護人類幼崽的地位。但是為了狼群的榮譽——所謂的榮譽正是你們在失去了首領之後忘記的東西——我答應你們，若你們讓人類幼崽回到他的家鄉，等到我該死亡的時候，我將不會對你們露出一點獠牙。我會放棄戰鬥、迎接死亡。我這麼做至少能避免狼群失去三條性命，這已經是我能提供的最大籌碼了。但是，如果你們願意，我可以讓你們無須為了殺掉一個沒有犯錯的兄弟而感到恥辱——這名兄弟是依照叢林法則進入狼群並支持狼群的人。」

「他是人類——人類——人類！」狼群高聲大叫，多數狼聚集到謝爾汗身邊，謝爾汗則開始甩動尾巴。

「現在事情要由你來接手了。」巴契拉對毛克利說。「我們能做的只剩下戰鬥了。」

毛克利直起身，雙手拿著火籃。接著他伸出手，並且在會議中打了個呵欠，但是他的心中其實充滿了又氣憤又哀傷的怒火，這就是狼的天性，從來沒有告訴過他，他們有多恨他。

「你們全都聽好了！」他大叫。「不要再像狗一樣講這些沒有意義的閒話了。你們今晚已經告訴我夠多次，我是個人類了（原本我可以直到生命終結，都和你們一起當狼），你們已經讓我覺得你們說的是真話了。所以，你們這群沙基（狗），我再也不會和你們稱兄道弟了，我會表現得像個人。以後你們要做什麼、不要做什麼，都不是你們能決定的了，而是由我來決定。為了讓我們能更簡單明瞭的確認這件事，我這個人類帶來了一點你們這些狗害怕的紅花。」

他把火籃往地上一扔，幾塊燒紅的煤炭點燃了一簇乾燥苔蘚，所有參與會議的與會者，都在面對跳動的火焰時懼怕的倒退。

毛克利把乾枯的樹枝插進火堆裡，讓枝椏燃起了火焰、劈啪作響，接著在畏縮的狼群之間將樹枝高舉在頭頂上並揮動。

「你現在是帶頭的人了。」巴契拉低聲說。「拯救阿克萊的性命。他一直都是你的朋友。」

堅毅的老狼阿克萊永遠也不會請求別人寬恕他的性命，他憐憫的看著毛克利全身赤裸的站在那裡，長長的黑髮被甩到肩膀之後，在火把的照耀下，周遭影子不斷跳躍顫抖。

「很好！」毛克利說著，慢慢環顧四周，他噘起下嘴脣。「我現在明白你們是狗了。我會離開你們，回到我所屬的族群中——如果他們真的是我所屬的族群。叢林驅逐了我，我必將忘記你們的語言和你們陪伴，但是我將比你們更懂得感激。因為我和你們是沒有血緣的兄弟，所以我承諾等我變成了人類中的人類後，我不會像你們背叛我一樣背叛人類。」他踢了踢腳邊的火，火花四濺。「我們之間、狼群之間都不該出現鬥爭。但是在我走之前，我還有一筆帳要算。」他直直走向正坐在地上、愚蠢的盯著火焰眨眼的謝爾汗，一把抓住他下巴的毛皮。巴契拉緊緊跟在他身後，以免出現什麼意外。「狗東西，站起來！」毛克利大聲道。「在人類說話的時候給我好好站著，否則我就在你的毛皮上點火！」

謝爾汗的耳朵朝後貼著頭顱，因為火把離得太近而閉上了眼睛。

「這個殺家畜的傢伙聲稱他要在會議上殺了我，因為當我還是幼崽的時候他沒有得逞。既然如此，就讓我這個人類痛打你這個狗東西吧！朗格理，只要你動一根鬍鬚，我就會把這枝紅花塞進你的喉嚨裡！」他用樹枝擊打謝爾汗的頭，老虎在極度恐懼中發出了哀嚎與呻吟。

「嗤！你這隻烤焦的叢林小貓——滾吧！但是記清楚了，下一次我來到會議岩頂，我會以人類的身分前來，到時候我會在頭上戴著謝爾汗的皮毛。至於其他狼，你們必須讓阿克萊隨心所欲的活下去。你們不准殺他，因為我不准你們殺他。我也不想讓你們繼續坐在這裡，好像你們有什麼身分地位能在這裡大放厥詞，不，你們只不過是受我驅趕的狗東西而已——所以，滾吧！」

火把上的火焰熊熊燃燒著，毛克利對著圍圈而坐的狼群左右揮舞火把，狼群紛紛在被火星燒到毛皮後高聲嚎叫著逃離。最後只剩下阿克萊、巴契拉和大約十隻狼願意支持毛克利。毛克利覺得自己的內心開始隱隱作痛，他這輩子從來沒有心痛過，他喘了一口氣、開始啜泣，眼淚從臉頰滑落。

「怎麼回事？怎麼回事？」他說。「我不想離開叢林，我不知道這是怎麼了。巴契拉，我要死了嗎？」

「不是的，小傢伙。這只是人類的眼淚罷了。」巴契拉說。「現在我知道你是個人類，而不再是人類幼崽了。從今以後，你已經被叢林驅逐。讓它們落下來吧，毛克利，只不過是眼淚罷了。」因此毛克利坐了下來，彷彿心都碎了的哭了起來。他這輩子從來沒有哭過。

「好了，」他說，「我要去找人類了。但首先，我必須去和媽媽道別。」他去了狼媽媽和狼爸爸居住的洞穴，在狼媽媽的毛皮上哭泣，一旁的四隻小狼崽也傷心的嚎叫著。

「你們不會忘記我吧？」毛克利說。

「只要我們還記得如何追蹤氣味，就不會忘記你。」小狼崽說。「在你成為人類的時候到山丘底下來吧，我們會和你聊天。我們會在晚上到農地去和你玩耍。」

「早點回來！」狼爸爸說。「喔，我聰明的小青蛙，早點回來看我們，因為你媽媽和我都已經老了。」

「早點回來，」狼媽媽說，「我光溜溜的小兒子。因為啊，聽好了，人類之子，因為我對你的愛勝過我對狼崽的愛。」

「我一定會回來的，」毛克利說，「等我回來的時候，我會把謝爾汗的毛皮鋪在會議岩頂。不要忘記我！告訴叢林裡的大家永遠不要忘記我！」

天將破曉時，毛克利獨自走下山丘、進入農田，去見那些名叫「人類」的神祕生物。

〈席歐尼狼群的狩獵歌〉

破曉時分水鹿呦呦鳴叫，
　一回、兩回，和第三回！
有一隻母鹿在蹦跳——有一隻母鹿在蹦跳，
在野鹿飲水的林間池沼。
獨自偵察的我親眼見到，
　一回、兩回，和第三回！

破曉時分水鹿呦呦鳴叫，
　一回、兩回，和第三回！
有一匹狼悄悄返回——有一匹狼悄悄返回，
把消息告訴靜靜等待的狼群；
我們尋找、我們尋獲、我們沿著蹤跡咆哮，
　一回、兩回，和第三回！

破曉時分狼群高聲嚎叫，
　一回、兩回，和第三回！
腳爪在叢林裡不留蹤影！
在黑暗裡也能看得清——能看得清！
叫出聲音——為此叫出聲音！你聽！喔，你聽！
　一回、兩回，和第三回！

2

岩蟒卡奧的狩獵

黑豹喜悅的是他的斑點，水牛驕傲的是他的犄角——
保持乾淨，用外表的光鮮展示獵人的力道。
就算你發現公牛能把你頂翻，
或有沉重鹿角的水鹿能把你撞倒，
你也無須停下來告知我們，
早在十個四季以前我們就已知曉。
不要欺壓陌生的幼獸，要把他們當親手足問候，
因為他雖然又圓又小，但是熊媽媽可能在他的身後。
初次殺了獵物後幼崽說：「沒人能跟我一樣好。」
但是叢林巨大，而幼崽渺小。讓他靜下來好好思考。

——巴魯的格言

我們現在要說的，是毛克利離開席歐尼狼群之前發生的事情。那陣子巴魯正在教導毛克利叢林法則。身材巨大、態度嚴肅的老棕熊很高興能有一位這麼敏銳的學生，因為青年狼只學習適用在他們族群與部落上的叢林法則，一旦背好獵捕歌謠就會離開：

「走路無聲的腳爪、
在黑夜能視物的眼睛、
在狼穴聽得見風聲的耳朵，
還有雪白尖銳的獠牙——
我們能用這些特徵分辨我們的兄弟，
唯有我們痛恨的塔巴基和鬣狗除外。」

但是身為人類幼崽的毛克利必須學會的東西比這首歌謠要多更多。黑豹巴契拉在森林中閒逛時，偶爾會過來看看他寵愛的小傢伙學得怎麼樣，當毛克利對巴魯複誦當天的課程時，巴契拉會把頭靠在樹上發出呼嚕聲。男孩的爬樹技巧幾乎跟游泳技巧一樣好，而他的游泳技巧又幾乎跟跑步技巧一樣好，所以叢林法則老師巴魯傳授了森林與水的法則給他──如何分辨腐朽與堅實的樹枝；如何在離地面十五公尺高的地方遇到蜂巢時，禮貌的和野生蜜蜂溝通；如何在日正當午驚擾了蝙蝠曼格時向他解釋；以及如何在池塘間濺起水花之前先警告水蛇。沒有任何叢林生物喜歡受到打擾，他們無時無刻都做好萬全準備攻擊入侵者。接著，毛克利也學會了「陌生動物的狩獵嚎叫」，若叢林生物想在領地之外的地方狩獵，就必須不斷重複這種嚎叫，直到得到回應。這些嚎叫翻譯過來的意思是：「我餓了，因此要請你准許我狩獵。」回答則是：「那麼就為了食物狩獵吧，但是不能為了享樂而狩獵。」

從這些描述你就可以知道，毛克利要背誦的東西實在很多，而且他每天都愈來愈厭煩必須重複同一件事一百遍。但是正如某天毛克利因為被責打而生氣跑掉時，巴魯對巴契拉說的話：「人類幼崽就是人類幼崽，他必須學會所有叢林法則。」

「但你要想想，他體型這麼小，」黑豹說，若是讓巴契拉隨心所欲的教育毛克利，他一定會寵壞人類幼崽，「他的小小頭顱怎麼有辦法記得這麼多話呢？」

「難道叢林裡有任何生物是因為體型太小，就不會被殺嗎？這就是為什麼我要教導他這些事，這就是為什麼我要在他忘記時，用非常輕的力道打他。」

「非常輕！你這個爪如鐵掌的老傢伙哪懂得什麼輕不輕的？」巴契拉咕噥著說。「你害他今天整張臉都是瘀青──還輕呢。呿。」

「從頭到腳都被深愛他的我打到瘀青，總好過因為無知而被別人傷害吧。」巴魯真誠的回答。「我現在正在教導他『叢林的精深語言』，這些語言將保護他不受鳥族、蛇族和所有獵捕四腳獸的生物傷害，唯有他自己的族群除外。只要他能記得這些語言，就能在整座叢林中保護自己。只被我輕輕打幾下就能有這麼好的成果，不是很值得嗎？」

「好吧，那你可要多注意，別把人類幼崽給殺了。他可不是樹幹，別用來磨利你那雙鈍爪。但是那些精深語言又是什麼？雖然比起請求他人幫助，我比較喜歡幫助他人，」巴契拉伸出一隻腳掌，欣賞自己如鑿刀般鋒利又閃著冷藍色金屬光芒的尖爪末端，「但是我還是想知道那是什麼。」

「我叫毛克利過來，讓他自己說——前提是如果他願意來的話。小傢伙，過來！」

「我的頭已經像裝滿蜜蜂的樹幹一樣不斷嗡嗡作響了。」他們的頭頂響起了一道悶悶不樂的聲音，毛克利從樹幹上滑下來，一臉憤憤不平，他在抵達地面時又補充：「我是為了巴契拉來的，不是為了又胖又老的巴魯而來。」

「對我來說都一樣。」巴魯回答，不過這句話其實讓他覺得既受傷又難過。「告訴巴契拉，我今天教了你哪些叢林的精深語言。」

「你想聽哪種生物的精深語言？」毛克利說，他很樂意炫耀自己學到的事物。

「叢林裡有好多種語言，我全都知道。」

「你的確知道了一些，但是並不多。巴契拉，你看看，他們永遠都不會感謝老師！從來沒有任何一隻小狼回來感謝過老巴魯的教導。那麼，傑出的學者，就說說狩獵者的語言吧！」

「我們是血脈相通的，你和我。」全森林的狩獵者都使用熊族語言，因此毛克利是用熊族語說出這句話的。

「很好！接下來換鳥族的。」

毛克利重複了一次，最後以鳶鳥的鳴叫聲結尾。

「接下來換蛇族。」巴契拉說。

這次的答案是難以形容的完美嘶嘶聲，接著，毛克利把腳往後一踢，拍了拍手鼓勵自己，然後跳到巴契拉背上側坐著，用腳跟輕輕敲擊光滑的毛皮，對巴魯做出他能想到最醜的鬼臉。

「你看——你看！用一點點瘀青換來這樣的成果是值得的吧！」棕熊溫柔的說。「總有一天你會想起我的。」接著，他轉身去告訴巴契拉，因為他不會蛇語的發音，所以如何去懇求知道所有精深語言的野生大象哈堤，而哈堤又是如何把毛克利帶到池塘邊，讓他從水蛇那裡學到蛇語。理論上來說，毛克利在叢林中不管遇到任何意外都無須害怕，因為無論是蛇、鳥或野獸，都不會傷害他。

「所以他無須害怕任何生物。」巴魯下了結論後，驕傲的拍了拍毛茸茸的大肚子。

「唯有他自己的族群例外。」巴契拉喃喃自語，接著大聲對毛克利說：「小傢伙，關心一下我的肋骨吧！你為什麼一直跳上跳下的？」

毛克利一直在拉扯巴契拉肩膀上的皮毛又用力蹬腳，想要引起他的注意。等到黑豹和棕熊都願意聽他說話時，他用最大的音量大喊：「所以，我要有一個自己的族群，我要整天帶著他們在樹枝間穿梭。」

「小夢想家，你又有什麼新的傻念頭？」巴契拉說。

「沒錯，然後對著老巴魯丟樹枝和泥土。」毛克利自顧自的繼續說。「他們答應過我了，哈！」

「吼——！」巴魯伸出大手掌，把毛克利從巴契拉的背上撈起來，男孩躺在巴魯兩隻巨大的前腳掌上，他看得出來棕熊在生氣。

「毛克利，」巴魯說，「你不應該和班達洛猴族說話。」

毛克利看向巴契拉，想知道他有沒有生氣，而巴契拉的雙眼就像玉石一樣冷硬。

「你去找過猴族了！他們是灰色的猿猴，是沒有法則的動物，他們什麼都吃。這真是太丟臉了。」

「巴魯打傷我的頭時，」毛克利說（他依然躺著），「我跑掉了，灰色的猿猴從樹上爬了下來，他們同情我。那時候根本沒有生物在乎我。」他說話時帶著一點鼻音。

「猴族同情你！」巴魯輕蔑的哼了一聲。

「要猴族同情其他生物，就像要山裡的小溪靜止，就像要夏日的太陽變冷！人類幼崽，然後呢？」

「然後……然後他們給了我一些堅果和小東西吃，他們……他們抱著我爬到樹頂上，說我和他們是血脈相通的兄弟，只不過我沒有尾巴罷了，他們說我以後應該要成為他們的首領。」

「他們根本沒有首領。」巴契拉說。「他們說謊，他們總是在說謊。」

「他們很親切，懇求我之後去找他們。為什麼從來沒有人帶我去見猴族呢？他們像我一樣用雙腳站立，也不會用前掌打我，而且整天都在玩遊戲。讓我上去！壞巴魯，讓我上去！我要去跟他們玩。」

「聽好了，人類幼崽。」棕熊說，他的聲音像炎夏夜晚的雷聲一樣轟轟作響。「我已經教會你叢林中所有動物的各種叢林法則了，只有住在樹上的猴族除外。他們沒有法則，是法外之徒。他們沒有自己的語言，在溝通時，猴族用的是他們在樹枝上面偷聽、偷看和等待時偷來的字眼。他們生活的方式不是我們生活的方式。他們沒有首領，也沒有記憶。他們四處炫耀閒談，假裝自己是叢林中的偉大生物、假裝自己要成就偉大的事情，但是一看到樹上落下一顆堅果，就會把過去的思想拋在腦後、開始哈哈大笑，接著便把一切都忘掉了。我們叢林生物不和他們打交道。我們不去猴子會去的地方、不在猴子飲水的地方飲水、不在他們狩獵的地方狩獵，也不在他們死去的地方死亡。今天以前，你聽我說過和班達洛有關的事嗎？」

「沒有。」毛克利細聲回答，因為巴魯說完話時，叢林裡一片寂靜。

「叢林生物不把他們放在話語裡，也不把他們放在心上。他們是數量眾多、邪惡、骯髒又無恥的生物，如果說他們有任何持久的渴望，他們的渴望將會是成為叢林生物。但是就算他們往我們頭上丟堅果和泥土，我們也不會費心去注意他們。」

他還來不及說出下一句話，就有許多堅果和枝椏從上面的樹枝落下來。他們能聽見很高的細樹枝上有生物在咳嗽、嚎叫和生氣的跳躍。

「禁止和猴族來往，」巴魯說，「我們叢林生物不這麼做。記清楚了。」

「禁止，」巴契拉說，「但我還是覺得巴魯應該要事先警告你這件事。」

「我……我？我怎麼能猜得到他會和這些髒東西一起玩。猴族！呿！」

又有一些東西被丟在他們頭上，黑豹與棕熊帶著毛克利快步離開了。巴魯描述猴族的話都是千真萬確的。他們屬於樹頂，而野獸很少抬頭向上看，猴子和叢林生物不會在彼此的路徑上相遇。但是只要猴子找到了生病的狼，或受傷的老虎或熊，就會折磨他。他們也會為了取樂往野獸身上丟樹枝和堅果，希望能被注意到。接著他們會高吼或尖叫一些毫無意義的歌，邀請叢林生物爬到樹上跟他們打架，或者猴族內部會毫無原因的開始激烈對打，把死去的猴子留在叢林生物可以看見的地方。

他們總是希望能有自己的領袖、法則和習俗，但是他們從沒擁有過這些事物，因為他們的記憶連一天都維持不了。為了解決這件事，他們捏造了一個說法：「班達洛現在想的事情，是叢林生物之後才會想到的事情。」這讓他們覺得心裡舒服很多。沒有野獸能抓住他們，但是同樣的，也沒有野獸會注意到他們，這就是為什麼毛克利和他們一起玩的時候，以及聽到巴魯對此很生氣時，他們會那麼開心。

他們原本不打算進一步行動——班達洛從來不打算任何事情，但是其中一名猴子想出了一個他自認為很聰明的主意，他告訴其他猴子，若把毛克利留在他們之中一定會很有用處，因為他知道如何編織樹枝來防風，所以，如果能抓住毛克利，他們就可以要求毛克利教他們怎麼編織樹枝了。毛克利是伐木工人的孩子，繼承了各式各樣與木工相關的直覺，他不用思考，就能直接用掉落的樹枝打造出一個遊戲用的小屋。猴族在樹枝之間觀察他，覺得這些小屋再完美不過了。他們說，這一次他們真的要有一位首領了，他們會成為叢林裡最有智慧的動物——有智慧到其他動物必定會注意到他們，並嫉妒他們。因此，他們靜悄悄的跟蹤巴魯、巴契拉和毛克利穿越叢林。午睡時間到了，毛克利對自己先前的作為感到很羞愧，他睡在黑豹與棕熊之間，下定決心再也不跟猴族扯上任何關係了。

他還沒睡醒，就感覺到有許多隻手抓住了他的腿和手臂——堅硬又強壯的小手。接著他的臉撞上了許多樹枝，當他低頭時，只能看到不斷晃動的粗壯枝幹，這時巴魯用低沉的吼叫喚醒了整座叢林，巴契拉則呲牙咧嘴的沿著樹幹迅速往上跳。班達洛得意洋洋的嚎叫，晃蕩到更高的枝椏上，讓巴契拉不敢跟上去，他們大叫：「他注意到我們了！巴契拉注意到我們了！所有叢林生物因為我們富有技巧又狡猾而無比仰慕我們！」接著他們便開始飛翔，猴族在林間飛翔的感受沒有生物能描述得出來。他們有屬於猴族的常用路線與交叉路線，有上坡也有下坡，全都距離地面十五、二十甚至三十公尺高，只要按照路線走，甚至連晚上也能四處移動。最強壯的兩隻猴子抓住毛克利的手臂下方，帶著他在樹頂跳躍擺盪，每一跳都有六公尺遠。若他們是獨自前進，速度會是現在的兩倍，但是男孩的體重拖慢了他們的速度。雖然毛克利覺得既不舒服又頭昏眼花，但他還是忍不住享受這種狂野的衝刺，不過有時候當他低頭看到地面離他這麼遠時，還是會害怕。有時在跳躍結束時，他會往空無一物的地方猛然晃動一下，那種停頓與震動的感覺讓他的心臟都快從喉嚨裡跳出來了。

護送者會帶著他衝向樹頂，直到毛克利覺得最尖端的樹枝因為他們的體重而向下彎折時，猴子會發出喘咳聲與尖叫聲，並往前方向下用力彈跳，用手或腳抓住下一棵樹的低處枝椏，接著再次往上搖盪。有時候，他能看見綿延好幾公里的翠綠叢林，就像在船桅頂端的人能看見好幾公里遠的廣闊大海，接著細枝與樹葉會打在他的臉上，他和護送者又再次回到接近地面的高度。

整個班達洛猴族一路彈跳、俯衝、尖叫、大吼，帶著他們的囚犯毛克利沿著林間路線晃蕩前進。

一開始，毛克利很害怕自己會被丟下去，接著他漸漸覺得生氣，但是他知道自己不該掙扎。然後他開始思考——現在最該做的事是傳話給巴魯和巴契拉，因為他知道，依照猴子目前前進的速度，他的朋友一定已經落後很遠了。這時候就算往下看也沒有用，因為他只能看到樹枝的上半部，所以他抬起頭，看到鳶鳥藍恩在遠處的藍天上，一邊遨翔盤旋，一邊低頭看向叢林，等著生物死去。藍恩注意到猴子抓著某個東西，他往下降低數百公尺，想看清楚那個東西是不是什麼好吃的。他看到毛克利被抓著帶上樹頂，又聽見毛克利用鳶鳥的語言大喊：「我們是血脈相通的，你和我。」這讓藍恩發出了訝異的鳴叫。樹枝浪再次吞沒男孩的身影，但是藍恩及時遨翔到另一株樹頭上，看到那張棕色的小臉再次出現在樹頂。「記下我的蹤跡！」毛克利大喊。「告訴席歐尼狼群的巴魯和會議岩頂的巴契拉。」

「朋友，我要以誰的名義告訴他們？」雖然藍恩聽說過毛克利這號人物，但是從來沒有見過他。

「青蛙毛克利。他們叫我人類幼崽！記下我的蹤——跡——！」

他被盪到空中時尖叫著說出最後兩個字，藍恩點點頭，不斷往上攀升，直到他看起來像一粒沙子那麼小。他在那裡盤旋，用如同望遠鏡的雙眼看著毛克利的護送者在飛速移動時使樹頂搖晃的蹤跡。

「他們向來走不遠。」藍恩笑著說。「他們向來做不到原本打算要做的事。班達洛就是這樣，無時無刻都有新的想法。依我的遠見，他們這次可是惹禍上身了，畢竟巴魯可不是什麼乳臭未乾的小伙子，而就我所知，巴契拉殺過動物可遠不只是山羊而已。」

他振動雙翅，把身下的腳收攏起來，耐心等待。

與此同時，巴魯和巴契拉心中充滿了傷心的熊熊怒火。巴契拉以前所未有的速度向上爬，但是樹枝因為無法承受他的重量而斷裂了，他滑落下來，利爪上都是樹皮。

「你為什麼沒有警告人類幼崽！」他對著可憐的巴魯怒吼，巴魯正笨拙的往前快跑，希望能趕上猴子。「你根本沒有警告他這件事，之前差點打死他的那一掌又有什麼意義？」

「快點！快點啊！我們……我們或許可以趕上他們！」巴魯氣喘吁吁的說。

「依照你那種速度！你連一隻受傷的母牛都趕不上。法則的老師啊，擊打幼崽的熊啊——你只要這樣跑一公里就會喘死了。好好坐下來仔細思考！我們要制定計畫。沒有時間追趕他們了。要是追得太緊，他們說不定會把他丟下來。」

「不啊！嗚喔！他們帶著他說不定已經累了，把他從樹上丟下去了。你怎麼能信任班達洛呢？把死蝙蝠放在我頭上吧！拿黑色的骨頭給我吃吧！把我扔進野生蜜蜂的巢穴裡讓我被叮到死吧，把我和鬣狗埋在一起吧，因為我是全世界最悽慘的熊了！不哇啊！嗚喔喔！毛克利喔，毛克利！為什麼我沒有警告你猴群的危險，只打破了你的頭呢？說不定我一打就把今天的課程從他的腦袋裡拍出去了，所以他現在不但獨自一人身陷叢林，還不知道怎麼說精深語言！」
巴魯用熊掌摀住耳朵，不斷前後滾動、大聲哀嚎。
「至少他剛剛已經把所有語言都正確的跟我說一遍了。」巴契拉不耐煩的說。「巴魯，你現在不但記憶力很差，連尊嚴都沒有了。要是我這隻黑豹也像豪豬伊奇一樣捲起身子大聲嚎叫，你覺得叢林會怎麼想？」
「我幹麼要在乎叢林怎麼想？他現在說不定都已經死了。」
「除非他們為了玩樂把他從樹枝上丟下來，或者因為太閒了而把他殺掉，否則我一點也不擔心人類幼崽。他很聰明，又受過良好的教導，最重要的是，他的雙眼能讓所有叢林生物害怕。但是很不幸的是，他現在落入了班達洛的手中，班達洛都住在樹上，他們不害怕我們叢林動物。」巴契拉深思熟慮的舔了舔一隻前爪。
「我真是太笨了！我真是個又胖、又棕、又只懂得挖樹根的老東西！」巴魯猛然站起身。「野生大象哈堤說『每種生物都有各自恐懼的事物』一點也沒錯。班達洛害怕的是岩蟒卡奧。他的攀爬能力和他們一樣好。他可以在夜晚把小猴子偷走。光是輕聲細語的說出卡奧的名字，就能讓他們整條邪惡的尾巴發冷。我們去找卡奧。」
「他會為我們做什麼呢？他和我們不是同一族的，他沒有腳，還有一雙最邪惡的眼睛。」巴契拉說。

「他非常老，也非常狡猾。最重要的是，他總是很餓。」巴魯滿懷希望的說。

「我們可以答應給他許多山羊。」

「他每次吃過東西之後都要睡一整個月。他現在說不定正在睡覺，而且就算他醒著，要是他寧願自己殺山羊怎麼辦？」巴契拉並不了解卡奧，自然會質疑。

「就算如此，你和我這兩個老獵人一定能說服他幫忙。」巴魯用淺棕色的肩膀蹭了蹭黑豹，他們便出發去找岩蟒卡奧了。

他們找到卡奧時，他正在一塊溫暖的大岩石上晒著午後的太陽，一邊伸展身軀，一邊欣賞自己的美麗新外表，因為他在過去十天才剛蛻過一次皮，現在看起來閃亮動人。他鈍三角形的巨大頭顱在地上左搖右晃，不斷扭動著自己十公尺長的身體，纏繞成令人驚嘆的彎曲弧度，同時一邊思考晚餐要吃什麼，一邊舔著舌頭。

「他還沒吃東西。」巴魯說，他一看到外皮棕黃交錯、上面還有美麗斑點的卡奧就咕噥著鬆了一口氣。「巴契拉，你要小心！他在蛻皮之後視力總是比較差，可能會馬上發動攻擊。」

卡奧不是毒蛇，事實上，他很唾棄毒蛇，認為他們是懦夫。他的力量蘊藏在擁抱之中，只要他用巨大的身軀纏住任何生物，結局就不言而喻。

「狩獵順利！」巴魯坐在地上挺直背脊，大聲說。卡奧和其他蛇族的耳朵都不太好，一開始沒有聽清楚巴魯在說什麼。他捲起身軀、壓低頭顱，以避免發生任何意外。

「願大家狩獵順利。」他回答。「啊呀，巴魯，你在這裡做什麼？巴契拉，祝狩獵順利。我們之中至少有一隻生物很需要食物，你們最近有看到什麼獵物嗎？一隻母鹿，或者年輕的公鹿？我的肚子簡直就和乾枯的井一樣空空如也。」

「我們正在狩獵。」巴魯用輕鬆的語氣說。他知道絕不能催促卡奧，他的體形太大了。

「請准許我和你們一起狩獵。」卡奧說。「對巴契拉和巴魯來說，四處奔跑的動物或許算不上什麼，但是我呢，我必須在林間小路上等待好幾天，或者爬行大半個晚上才能湊巧碰到一隻年輕的猿猴。噺噺啊！現在的樹枝已經遠遠比不上我年輕時的樹枝啦，都是一些腐爛的枝椏和乾枯的樹幹。」

「或許是因為你現在的體重比以前重多了。」巴魯說。

「我的長度正好，長度正好。」卡奧有些自豪的說。「但是說起這件事，問題必定出在新長的樹幹上。我上次打獵差一點就掉下來了，就差那麼一點點！因為我的尾巴沒有緊緊纏繞住樹幹，所以我往下滑落的聲音驚醒了班達洛，他們便開始用難聽的綽號罵我。」

「沒有腳的黃色蚯蚓。」巴契拉鬍鬚下的嘴巴喃喃自語著，好像正試圖回想某件事。

「嘶嘶嘶！他們曾經這樣叫過我嗎？」卡奧說。

「他們在上次滿月前曾對著我們喊過類似的話，但是我們向來不會理他們。他們什麼都說得出口，甚至還說你牙齒都掉光了，根本不敢面對任何體形大於小孩的生物。他們真是無恥，這些班達洛，他們說這是因為……因為你害怕公山羊的角。」巴契拉用甜美的音調說道。

蛇這種生物，尤其像卡奧這種謹慎的老蟒蛇，通常不太會表現出生氣的樣子。但是巴魯和巴契拉現在卻能看見卡奧喉嚨兩旁的巨大吞嚥肌正生氣的不斷鼓動起伏。

「那群班達洛轉移地盤了。」卡奧輕聲說。「我今天出來晒太陽時，聽到他們在樹頂尖叫。」

「我們現在追蹤的正是……正是班達洛。」巴魯說。話語卡在他的喉嚨裡，因為這是他有記憶以來，第一次有叢林生物承認自己對猴子正在做什麼感興趣。

「那麼，能讓你們這兩位傑出的獵人……我很確定你們正是這座叢林的領袖，去追蹤班達洛的，絕對不是什麼小事。」卡奧彬彬有禮的回答，心中充滿好奇。

「沒錯，」巴魯說，「不過我只是隻垂垂老矣、有時候非常愚昧、負責教導席歐尼狼崽法則的老師罷了，而巴契拉……」

「正是巴契拉。」黑豹說，他的下顎閉緊時發出了清脆的響聲。他從來不認為謙虛有什麼好處。「卡奧，我們遇到了問題。那群只會偷堅果和摘棕櫚葉的傢伙偷走了我們的人類幼崽。你或許聽說過人類幼崽的事。」

「我曾經聽那隻渾身長滿了刺且自以為是的豪豬伊奇提起，有個什麼人類進入了狼群，但是我不相信他。伊奇總是喜歡講一些道聽塗說的故事。」

「但是這件事是真的。他是隻前所未有的人類幼崽。」巴魯說。「他是最棒、最聰明，且最勇敢的人類幼崽。他是我的學生，將會使巴魯的名氣響徹整個叢林。卡奧，除此之外，我……我們……很愛他。」

「嘶！嘶！」卡奧前後擺動頭顱。「我也知道愛是什麼，我可以跟你們說很多跟愛有關的故事……」

「而且要在一個晴朗的晚上，等我們都吃飽了再說，這樣我們才能好好讚美你。」巴契拉迅速的說。「我們的人類幼崽現在落入班達洛的手中，我們知道在所有叢林生物中，他們唯一害怕的只有卡奧。」

「他們只怕我。這樣的恐懼是有它的道理的。」卡奧說。「喋喋不休、愚蠢又虛榮……虛榮、愚蠢又喋喋不休……猴子就是這樣的生物。但是落在他們手上的人類可就要遭殃了。他們摘下堅果之後會因為厭倦而把堅果丟掉；他們會為了成就大事而花大半天的時間搬運一根樹枝，接著又把樹枝折斷成兩半。我可不會羨慕那個落入他們手中的小人類。他們也叫我……『黃魚』，不是嗎？」

「蟲子、蟲子、蚯蚓蟲子，」巴契拉說，「他們還用許多綽號叫過你，許多綽號讓我厭惡到無法複述給你聽。」

「我們必須好好提醒他們，要如何好好跟他們的主人說話。啊——嘶嘶！我們必須幫他們恢復錯亂的記憶。好了，他們帶著你們的幼崽去哪裡了呢？」

「只有叢林知道答案。我相信他們是往夕陽方向走了。」巴魯說。「我們還以為你會知道呢，卡奧。」

「我？我怎麼會知道？我會在他們自投羅網時捉住他們，但是我不會去獵捕班達洛或青蛙，或是水坑裡的綠藻，這些東西對我來說是一樣的。」

「上面、上面！上面、上面！哈囉！嗨嗨！嗨嗨！看上面，席歐尼狼群的巴魯！」

巴魯抬頭往上看聲音是從哪裡傳來的，是鳶鳥藍恩，他正往下滑翔，陽光在他向上揚起的翅膀末端上閃閃發光。現在已經接近藍恩的睡覺時間了，但是他一直在叢林上方盤旋尋找棕熊的身影，之前巴魯被濃密的葉片擋住了。

「怎麼了？」巴魯說。

「我看到班達洛帶著毛克利，他懇求我來轉達這個消息。我看著他們移動，班達洛帶著他越過河流，到了猴子城——到『寒洞』去了。他們可能會在那裡停留一晚，或十晚，或一小時，我已經叫蝙蝠在夜晚時留意他們了。我已經把訊息傳達給你們了，祝下面的大家狩獵順利！」

「藍恩，也祝你吃飽喝足、整夜好眠。」巴契拉高聲道。「我下次殺了獵物時會記得你的，我會為你留下獵物的頭，你是最棒的鳶鳥！」

「小事一件，小事一件。男孩對我說了精深語言，我無論如何都會幫他一把。」藍恩向上盤旋，往他的棲木飛去。

「他沒有忘記怎麼使用舌頭。」巴魯說著，驕傲的輕輕笑了起來。「他年紀這麼小，竟然能在被猴子抓著穿梭於樹林間時，回想起鳥族的精深語言！」

「他是被迫記得這些東西的。」巴契拉說。「但我還是以他為榮，現在我們該往寒洞出發了。」

他們都知道寒洞在哪裡，但是只有極少數的叢林生物會去那裡，因為那個被稱做寒洞的地方，是個被遺棄在叢林中、空無一人的古老城市，而野獸鮮少使用人類用過的地方。野豬或許會到那裡，但是狩獵部族不會過去。此外，猴子有時會住在那裡，不過老實說，猴子其實什麼地方都住，總而言之，懂得自重的動物連看都不會想要看寒洞一眼，唯有乾旱時例外，在那個時候，半毀的大池子和水庫中還會剩餘一些水。

「就算全速前進也要花半個晚上才能到。」巴契拉說。

「我會盡量跑快點。」巴魯表情嚴肅而焦慮的說。

「我們不能等你。巴魯，你跟在後面。卡奧和我一定要全速奔跑。」

「不管有沒有腳能跑，我都能和你們這些四腳生物並駕齊驅。」卡奧立刻回答。

巴魯努力想要跑得快一點，但是沒多久就必須坐下來喘口氣，因此他們把巴魯留在身後，等他之後趕上。巴契拉用黑豹特有的優美起伏姿態向前奔馳，而卡奧沒有多說什麼，雖然巴契拉的速度的確很快，但是巨大的岩蟒也沒有落後。他們跑到了山丘的小溪前，巴契拉贏了一小段距離，因為他直接躍過了小溪，而卡奧是用游的——卡奧的頭和前半公尺長的身軀都沒有碰到水——不過等到了平地時，卡奧又追上去與巴契拉並駕齊驅了。

「我可以用那副讓我獲得自由的壞掉鎖頭為名發誓，」巴契拉在暮光熄滅時說，「你的速度一點也不慢。」

「我很餓，」卡奧說，「而且他們還稱呼我為長滿斑點的青蛙。」

「蟲子，蚯蚓蟲子，還是黃色的那種。」

「都一樣。繼續趕路吧。」卡奧似乎整條蛇都融入了土地中，他總是能一而再、再而三的用穩定的目光找出最短的路徑。

在寒洞裡，猴族完全忘記了毛克利的兩位朋友。他們把男孩帶到失落的城市了，並且對於這項成就感到很滿意。毛克利從來沒有見過印度的城市，雖然這裡只是一堆廢墟，但還是讓他驚奇不已。在很久很久以前，某個國王在這個小山丘上建立了這座城市。你可以在這裡找到石製堤道，一路通往已經傾倒的巨大入口，如今這座入口只剩下幾塊木頭還掛在陳舊生鏽的門軸上。樹根深入一座座牆裡，又伸展到了牆外，城牆上的城垛全都倒塌腐朽，茂密的野生爬藤植物一串串垂掛在高塔的窗戶上。

山丘頂端有一座失去了屋頂的巨大宮殿，庭院與噴水池的大理石都裂成了好幾塊，上面滿是紅綠相間的汙點，庭院中有許多鵝卵石，而國王原先用來豢養大象的院子，如今已被野草和小樹入侵。從宮殿往下看，你可以看到城市中一排又一排失去了屋頂的房屋，看起來就像填滿了黑暗的空蕩蜂巢；原本矗立在四路交會廣場上的神像，變成了失去原本樣貌的石塊；街角的公共水井如今只剩下坑坑窪窪的凹洞，而神殿的拱形屋頂已崩解成滿地碎塊、碎塊之間長滿了一整片野生無花果樹。

猴子們把這裡稱作他們的城市，假裝自己不屑一顧那些住在叢林裡的生物。然而，他們從來不知道為何會有這些建築，也不知道該如何使用。他們會在國王的會議大廳中圍坐一圈，替彼此抓跳蚤、假裝自己是人類；又或者他們會在失去屋頂的房子之間來回奔跑，把灰泥碎片和碎磚頭收集到角落，之後又忘記曾藏起這些東西。一大群猴子開始彼此互毆尖叫，然後又四散開來，在國王花園的一座座台階上來來回回玩鬧，他們會用力搖晃玫瑰花樹和橘子樹，只為了看水果與花朵落下而感到快樂。他們探索了宮殿中的每一條通道和黑暗的隧道，也探索了上百間漆黑的房間，但是他們從來記不起自己看見了什麼、沒有看見什麼，就這樣一、兩隻猴子或者一大群猴子成群結隊的四處遊蕩，告訴彼此自己已經做了人類會做的事。他們在大池子裡飲水，把水弄得汙濁不堪，然後為此互相打鬥，接著又會一窩蜂的聚集在一起高聲大喊：「叢林中沒有任何生物和班達洛一樣有智慧、善良、聰明、強壯又溫柔。」之後他們又會重複做一模一樣的事情無數次，直到厭倦了城市之後再回到樹頂，希望叢林生物能注意到他們。

毛克利已在叢林法則下受過訓練了，他不喜歡也不理解這種生活。猴子們在將近傍晚時把他拖到寒洞，但是他們不像毛克利通常會在長程移動之後睡覺，而是手拉著手，一邊跳舞一邊唱起愚蠢的歌。

其中一隻猴子開始發表演說，他告訴其他猴子，抓到毛克利是班達洛歷史的新里程碑，因為毛克利將會教導他們如何編織枝條和藤蔓，他們可以把成品拿來抵擋雨水和寒冷。毛克利拿起一些爬藤植物，開始動手編織枝條，猴子試著模仿他，但是沒過幾分鐘，他們就興趣全失，開始拉扯朋友的尾巴或四肢著地的跳上跳下，還不斷發出咳嗽聲。

「我想吃東西。」毛克利說。「在叢林的這個區塊裡，我是新的外來者。你們可以帶食物給我，或准許我在這裡狩獵。」

大約有二、三十隻猴子蹦蹦跳跳的去替他找堅果和野生巴婆果。但是他們在路上打了起來，覺得要把剩下的果實帶回去實在太麻煩了。毛克利四肢痠痛，又餓又氣，他在空蕩蕩的城市中四處遊走，每隔一陣子就發出陌生動物的狩獵嚎叫，但是沒有生物回應，這讓毛克利發現自己的處境真的不太妙。

「巴魯對班達洛的形容全都是真的。」他在心中想著。「他們沒有法則、沒有狩獵嚎叫也沒有首領——他們什麼都沒有，只有愚蠢的話語、一雙能夠摘取果實和偷盜的手。如果我在這裡餓死或被殺死了，也都是我自己的錯。我一定要回到屬於我的叢林去。巴魯一定會打我一頓，但是被打也好過和這些班達洛一起追逐愚蠢的玫瑰葉子。」

但是他才剛找到城市的外牆，猴子就把他拉回去了，他們說毛克利不知道他們有多開心，又不斷捏他，要他懂得感恩。毛克利咬緊牙關、沉默不語，和不斷大吼大叫的猴子一起前往古人用紅砂岩打造的水庫。他們走到水庫上方的平台，毛克利看到水庫裡還有半滿的雨水。平台中央有一棟用雪白大理石打造的涼亭，那是為了一百年前死去的皇后所打造的，如今已傾倒頹敗。拱形屋頂有一半都崩解掉落了，這些石塊堵住了從宮殿通往涼亭的地下入口，皇后以前就是從這裡進出的。涼亭的牆壁全都是大理石製成的鏤空雕花——精雕細琢的乳白色美麗圖案，上面還有瑪瑙、光玉髓、碧玉和青金石點綴，每當月亮照耀到牆壁時，月光會穿透這些鏤空雕花圖案，在地板上投射出如同黑絲絨刺繡般的陰影。

雖然毛克利身體痠痛、昏昏欲睡又飢腸轆轆，但是在二十隻猴子同時對他說班達洛有多麼偉大、多麼聰明、多麼強壯、多麼溫柔，而他想要離開的舉動又是多麼愚昧時，毛克利忍不住哈哈大笑。

「我們很偉大，我們很自由，我們很傑出，我們是整座叢林裡最出色的生物！

我們全都這麼說，所以這一定是真的。」他們大吼。「現在，你是我們的新見證者了，你可以把我們的話帶回去給叢林生物，讓他們以後能注意到我們，我們會告訴你我們到底有多厲害。」

毛克利沒有出聲反對，於是數百隻猴子聚集在平台上傾聽自己推派的演說者讚頌班達洛，只要演說者為了喘氣而暫時停止說話，其他猴子就會一起高喊：「這些是真的，我們全都這麼說。」

毛克利不斷點頭和眨眼睛，當他們提出問題時，他就回答：「沒錯。」這些吵雜的聲音讓他暈頭轉向。「猴子一定都被豺狼塔巴基咬過，」他暗忖道，「現在他們全都發狂了。這一定就是德瓦尼——是瘋病。他們是不是永遠不用睡覺？有一朵雲要飄到月亮前面了，要是有夠大片的雲朵飄過來，我就可以在黑暗中逃跑，但是我好累啊。」

同樣正在看著那朵雲的，是毛克利的兩位好友，他們正躲在城市牆角的廢棄凹溝中。因為巴契拉和卡奧都很清楚，猴族數量眾多時有多危險，他們一點也不想冒著失敗的風險行動。猴子從來不和叢林生物對抗，唯一的例外就是聚集了一百隻猴子一起對抗一隻叢林生物，而叢林中的生物從不去費心思考遇到這種事的機率。

「我到西牆去，」卡奧悄聲說，「我會用地形優勢迅速從斜坡上衝下來。就算他們的數量有好幾百隻，也不敢撲到我的背上，但是……」

「我知道。」巴契拉說。「要是巴魯在這裡就好了。但是就算他不在，我們也必須盡全力。等雲朵遮住月亮時，我就會到平台上。他們正在那裡跟男孩一起舉行某種會議。」

「祝狩獵順利。」卡奧嚴肅的說完後，便往西牆滑行而去。西牆正好是整座城市最完整的一部分，大蛇因此被耽誤了一小段時間才找到能爬上石頭的路徑。

月亮被雲朵遮擋住了，就在毛克利思考著接下來要怎麼做時，他聽到巴契拉的腳掌輕巧的落在平台上的聲音。黑豹奔跑上坡時幾乎一點聲音也沒有，猴子們圍繞著毛克利而坐，大約圍了五、六十圈，巴契拉在猴子之間不斷左右衝刺——他很清楚不該浪費時間去咬他們。猴子發出了驚嚇與憤怒的嚎叫，接著就在巴契拉從一排又一排的猴子之間跳躍而過、不斷踢擊身下的猴子時，一隻猴子尖叫道：「他是獨自前來的！殺了他！殺呀！」與猴子的混戰就此展開，他們又咬、又抓、又扯、又拉，還跨坐到巴契拉身上，同時有五、六隻猴子抓住了毛克利，把他扯到涼亭的牆上，再推進拱形屋頂的破洞中。人類教育出的男孩遇到這種狀況一定會傷得很重，因為屋頂離地面有三公尺那麼高，但是毛克利在墜落時運用了巴魯教他的技術，輕巧的落地。

「待在這裡，」猴子大叫，「等我們殺了你朋友再說。之後我們再來跟你玩，不過前提是『有毒的子民』願意放你一條生路。」

「我們是血脈相通的，你和我。」毛克利立刻用蛇的語言說道。他能聽見身邊的毀壞石塊中處處都是爬行聲和嘶嘶聲，為了確保安全，他又複述了一次蛇族的精深語言。

「把膨脹起來的脖子縮回去吧。」五、六個低沉的聲音說道。印度的每棟毀壞房屋遲早會變成蛇的住所，這座涼亭裡住的是眼鏡蛇。「別動，小傢伙，否則你的腳會踩傷我們。」

毛克利盡其所能的靜止不動，他從鏤空雕刻的牆窺視外面，傾聽黑豹周遭的激烈打鬥聲——各種尖叫聲、吱吱叫、扭打聲，還有巴契拉在成堆的敵人之中倒退、跳躍、扭轉和衝刺時發出低沉、嘶啞的喘咳聲。這是巴契拉有生以來，第一次為了自己的生命而戰。

「巴魯一定也在附近，巴契拉不可能自己來的。」毛克利想著，接著他大聲喊道：「巴契拉，去水庫！跳進水庫裡！跳下去，到水裡去！」

巴契拉聽到了，這陣喊叫聲讓他知道毛克利現在很安全，因此心中升起了新的勇氣。他竭盡全力往水庫方向一步又一步筆直前進，沉默的繼續打鬥。

接著，從最靠近叢林的斷垣殘壁那裡傳來巴魯轟隆作響的作戰嚎叫。老熊盡了最大的努力，這已經是他最快的速度了。「巴契拉，」他怒吼，「我在這裡！我一路攀爬！我一路狂奔！吼哇啊！石頭被我的腳步踢飛！你們這群惡名昭彰的班達洛猴啊，給我等著！」

他氣喘吁吁的爬上平台，脖子以下卻立刻被巨浪一般的猴子給埋沒了，但是他用自己的後腳穩穩的站直，接著張開兩隻前掌，盡其所能的抱住一大堆猴子，然後開始用「碰、碰、碰」的節奏發動攻擊，聽起來就像船隻後方的輪槳拍打在水面上的聲音。

毛克利聽到「嘩啦」的落水聲，便知道巴契拉已經一路打到水庫了，猴子沒辦法跟著跳進水裡。黑豹大口喘著氣，他只有頭浮在水面上，猴子則在紅砂岩台階上圍繞了三圈，準備在巴契拉上岸幫助巴魯時從四面八方撲到他身上。就在這個時候，巴契拉抬起溼淋淋的下巴，絕望的喊出了蛇族的精深語言要求保護：「我們是血脈相通的，你和我。」因為他以為卡奧已經在最後一刻逃跑了。聽見大黑豹要求幫助時，就連站在平台邊緣被猴子淹沒的巴魯也忍不住偷笑了幾聲。

卡奧這時才剛找到跨越西牆的路，他轟然墜落時把原本鋪在地面的石頭都震飛到一旁的凹溝裡。他不打算讓自己在地面打鬥時失去優勢，因此捲起身體又伸展開來一、兩次，確保長長的身體中，每一條肌肉都能好好運作。

與此同時，巴魯還在繼續戰鬥，水庫邊的猴子圍繞著巴契拉大吼大叫，蝙蝠曼格則來回飛舞，把這場大戰的最新消息帶回叢林，就連野象哈堤都發出了象鳴，零零散散分散在遠處的猴群紛紛醒來，沿著樹上道路往寒洞跳躍，想幫助他們的同伴，這場大戰的聲響吵醒了周遭數公里內正在睡覺的日行性禽鳥。

接著，卡奧敏捷的往戰場直直衝來，他渴望殺戮。蟒蛇的打鬥力量是用頭部向前突擊，而這種突擊要運用全身上下的力量與重量。你可以想像有一枝重達半噸的長矛、衝車或鐵鎚這類武器，而這些武器當中有一顆冷靜的頭腦負責操縱武器攻擊，這大概就是卡奧戰鬥時給人的感覺。光是一隻一公尺長的蟒蛇就能在衝撞成年男性的胸口時把人擊倒了，而卡奧可是一隻身長十公尺的蟒蛇。他的第一擊就直衝圍繞在巴魯周遭的猴子——那些猴子根本來不及張開嘴巴發出喊叫就被送回老家了，卡奧無須攻擊第二次。猴子四散開來，尖叫道：「卡奧！是卡奧！快跑！快跑！」

老猴子總是會說起卡奧的故事，這些故事把世世代代的猴子都嚇得服服貼貼，卡奧是夜間的小偷，他沿著樹枝向上攀爬時就像青苔生長一樣無聲無息，就這麼取走猴族史上最強壯的猴子的性命，老卡奧可以偽裝成枯樹枝或腐爛樹樁的樣子，就連最聰明的猴子都會被他所騙，一接近就被卡奧抓住，然後……

卡奧是猴子在整座叢林中最害怕的事物，因為沒有一隻猴子知道卡奧的力量極限、沒有一隻猴子敢正面面對他，也沒有一隻猴子能在被卡奧擁抱之後活下來。所以他們全都在恐懼之中發著抖朝高牆和房子屋頂逃跑，這讓巴魯深深鬆了一口氣。雖然巴魯的毛皮比巴契拉還要厚實，但是依然在打鬥中受了嚴重的傷。接著卡奧在現身之後第一次張開了嘴巴，他發出了好長一串嘶嘶聲，就連遠處正趕來寒洞幫忙的猴子都停在原地不敢動，他們身下的樹枝也因此不堪負荷而彎曲折斷。高牆和空房子裡的猴子全都停止嚎叫，整座城市陷入了一片寂靜之中，因此毛克利聽見了巴契拉從水庫中起來後甩動溼透的身體的聲音。

接著喧鬧聲再度降臨。猴子往牆上跳得更高，他們沿著城垛跳竄，抱住一尊又一尊石像的脖子瑟瑟發抖。這時候的毛克利在涼亭裡手舞足蹈，他把眼睛湊在雕花鏤空的牆上，用門牙間的縫隙吹出模仿貓頭鷹叫聲的口哨聲，藉此表達他的嘲弄與鄙視。

「把人類幼崽從陷阱裡放出來吧，我動不了了。」巴契拉喘著氣說。「我們帶上人類幼崽就可以離開了。他們或許會再次攻擊我們。」

「除非有我的命令，否則他們不敢動。我發出嘶嘶嘶說了——待在原地！」卡奧發出嘶聲，整座城市再次陷入一片寂靜。「朋友，雖然我沒辦法早點到這裡，但是我想我聽見了你的呼喊。」這句話是對巴契拉說的。

「我……我或許在打鬥時叫了你。」巴契拉回答。「巴魯，你有受傷嗎？」

「我不太確定他們是不是把我撕碎成一百頭小熊了。」巴魯說，他認真的分別抖了抖雙腳。「哇！我全身痠痛。卡奧，我想我們都欠你一條命——巴契拉和我。」

「小事而已。小人類在哪裡？」

「這裡，在陷阱裡。我爬不出去。」毛克利大叫。拱型屋頂的破碎洞口在他的頭頂正上方。

「把他帶走吧。他像孔雀阿毛一樣亂跳一通。他會踩死我們的小蛇。」裡面的眼鏡蛇說。

「哈啊！」卡奧笑著說。「這個小人類無論在哪裡都有朋友。小人類，往後站，有毒的子民躲好了，我要把牆撞碎。」

卡奧小心翼翼的觀察，在大理石雕花上找到了一條褪色的裂痕，那裡顯然是大理石上最脆弱的一點，他用頭輕點裂痕兩、三次以確定距離，接著抬起了身體前半段兩公尺長的部分，用鼻子全力往裂痕衝撞了六次。鏤空雕花碎裂崩解，帶起了如雲般的一團塵土與許多殘骸，毛克利從洞口跳了出來，往巴魯與巴契拉飛奔而去——他用雙手分別抱住棕熊與黑豹的大脖子。

「你有受傷嗎？」巴魯輕柔的抱著他說。

「我全身痠痛又很餓，不過一塊瘀青都沒有；但是，喔，他們把你們傷得好重，我的兄弟！你們在流血。」

「他們也一樣流了血。」巴契拉說著舔了舔嘴脣，看向平台上和水庫周圍的猴子死屍。

「這沒什麼大不了的。我引以為傲的小青蛙啊，只要你平安無事，這就沒什麼大不了的。」巴魯呻吟著說。

「關於這件事，我們可以等一下再討論。」巴契拉乾巴巴的說，毛克利一點也不喜歡他的語調。「但是首先，你要認識一下卡奧，我們在這場打鬥中欠了他一次，你則欠他一條命。毛克利，根據我們的習俗好好感謝他。」

毛克利轉過身，在他頭頂上方三十公分的位置看到一顆巨大的蟒蛇頭。

「原來這就是小人類啊。」卡奧說。「他的皮膚很柔軟，和班達洛的差別其實並沒有那麼大。小人類，你要留心，當我剛蛻皮時，別讓我在光線昏暗的地方遇到你，我會把你誤認成猴子。」

「我們是血脈相通的，你和我。」毛克利回答。「我因為你而撿回了一條性命。卡奧啊，只要你感到飢餓，我的獵物就應該成為你的獵物。」

「謝謝你，小傢伙。」卡奧說，不過他的眼睛閃爍。「那麼，像你這麼勇猛的獵人會殺什麼獵物呢？我這麼問，是想在你下次狩獵時也加入你的行列。」

「我什麼都不會殺，我太渺小了……但是我能把山羊群趕往對你有利的方向。等你餓了的時候就來找我吧，到時候你就會知道我說的是不是實話。我還有這種技巧（他伸出雙手），如果你被陷阱纏住了，我就能償還在這裡欠你的債了，對巴契拉和巴魯來說也是一樣的。我的師傅，祝你們全都狩獵順利。」

「說得好。」巴魯低聲說，他認為毛克利的道謝回覆非常得體。蟒蛇輕輕垂下頭顱、靠在毛克利的肩上片刻。「你有一顆勇敢的心和一張謙恭的嘴。」他說。「小人類，他們將會帶你橫越廣大的叢林。但是現在，你該快點和朋友們一起離開了。月亮已經落下，回去睡吧，接下來要發生的事不是你該看的。」

月亮慢慢沉沒至山丘後方，縮在高牆和城垛上發抖的猴子看起來就像一團又一團不斷顫抖的牆上裝飾品。巴魯往下走到水庫去喝水，巴契拉開始整理自己的皮毛，卡奧則滑動到平台的中央，「啪」一聲緊閉起下顎，使所有猴子都看向他。

「月亮西沉了。」他說。「光線還夠你們看清楚嗎？」

高牆上傳來了一陣呻吟，聽起來就像樹頂上的風聲：「卡奧啊，我們看得清楚。」

「太好了！現在舞蹈要開始了——飢餓的卡奧之舞。好好坐著仔細觀賞。」

他繞了兩、三次大圓圈，不斷左右搖擺頭部。接著，他開始用身體畫圈圈和數字八的形狀，又畫出緩慢而柔軟的三角形，三角形漸漸融化成方形和五角形，又盤繞成一座小山丘，同時不斷發出永不止息、平穩緩慢又持續不斷的低沉嗡鳴。天色愈來愈暗，最後卡奧不斷搖曳擺動的線條消失了，但他們還能聽見鱗片刮擦的聲音。

巴魯和巴契拉像石頭一樣呆立不動，喉頭發出低沉的嚎聲，後頸的毛全都豎立起來，但他們身旁的毛克利只是驚奇的看著卡奧。

「班達洛，」卡奧終於開口說，「你們能在我沒有下令時移動手腳嗎？回答！」

「卡奧啊，我們不能在你沒有下令時移動手腳！」

「很好！現在全都往我這裡前進一步。」

猴子們無法控制自己，只見他們模糊的輪廓左搖右晃的往卡奧靠近了一點，巴魯和巴契拉也一起邁出了僵硬的一步。

「再近一點！」卡奧嘶聲說，於是他們又再次往卡奧移動。

毛克利把手放在巴魯和巴契拉身上，要他們出發離開，此時這兩隻野獸就像剛從夢中驚醒似的驚跳了一下。

「把你的手放在我的肩上。」巴契拉悄聲說。「放在這裡，否則我絕對會回去——絕對會回去卡奧身邊。啊！」

「只不過是老卡奧在塵土中繞圈圈罷了，」毛克利說，「我們走吧。」他們穿過牆上的破洞，進入叢林裡。

「呼！」再次站到靜止的樹木底下後，巴魯長吁了一口氣。「我再也不會找卡奧當盟友了。」他抖了抖全身上下的毛皮。

「他知道的事物遠比我們還多。」巴契拉顫抖著說。「只要再多留一陣子，我就會直接走進他的喉嚨裡了。」

「在月亮再次升起之前，將有許多生物走進他的喉嚨裡。」巴魯說。「他今天的狩獵很順利——卡奧式的順利。」

「但是那些動作有什麼意義嗎？」毛克利說，他完全無法理解蟒蛇迷惑生物的力量。「我只看到一條大蛇不斷繞著愚蠢的圓圈一直到黑暗降臨，而且他的鼻子還受傷了。哈！哈！」

「毛克利，」巴契拉憤怒的說，「他的鼻子會受傷都是因為你的關係，還有我的耳朵、身體和腳掌，而巴魯的脖子和肩膀被咬傷，也是因為你的關係。巴魯和巴契拉在接下來會有好幾天沒辦法開開心心狩獵了。」

「這沒什麼大礙，」巴魯說，「重要的是人類幼崽又回到我們身邊了。」

「沒錯。但是他這次讓我們付出了沉重的代價，我們受了傷、掉了毛，之後也不能好好狩獵——我的背被拔禿了一半。最後，我還付出了尊嚴。毛克利，你要記住，身為黑豹的我被迫請求卡奧的保護，然後巴魯和我剛剛又因為那支飢餓之舞變得像小鳥一樣蠢笨。人類幼崽，這一切都是因為你跑去和班達洛玩耍。」

「是的，你說得沒錯。」毛克利傷心的說。「我是個糟糕的人類幼崽，我覺得很難過。」

「唉！巴魯，叢林法則是怎麼說的？」

巴魯不想讓毛克利再遇到任何麻煩，但是他也不能竄改法則，只好含糊的說：「處罰過後就不再悲傷。但是巴契拉，你要記得，他身材很小。」

「我會記得。但是他做了危害他人的舉動，我們必須處罰他。毛克利，你有什麼話想說嗎？」

「沒有，我做錯了事。巴魯和你受傷了，事實就是如此。」

巴契拉給了他六下充滿愛的拍打。從黑豹的觀點來看，這些拍打根本連黑豹幼崽都叫不醒，但是對於七歲的小男孩來說，這六下拍打加起來卻是你絕對會想避免的一頓可怕痛打。拍打結束後，毛克利打了個噴嚏，一言不發的從地上站起來。

「好了，」巴契拉說，「跳到我背上吧，小傢伙，我們要回家了。」

叢林法則最美妙的其中一個特點，就是處罰可以一筆勾消所有錯誤。之後便不再有人嘮叨這件事了。

毛克利把頭靠在巴契拉的背上熟睡著，就連回到洞穴被放在狼媽媽身邊時都沒有醒來。

〈班達洛趕路歌〉

我們用華麗的姿勢跳躍，
往嫉妒的月亮跳起半天高！
你難道不羨慕我們的神色如此驕傲？
你難道不希望自己多長一雙手？
你難道不希望你的尾巴——如此——卷曲，
像丘比特的弓？
　現在你生氣了，但是——算了別在意，
　兄弟，你的尾巴垂在身後！

我們在樹枝上排排坐好，
思考我們所知的美麗之事；
夢想著我們該執行的行動，
全部完成只消一、兩分鐘——

高貴、偉大，又善良的事，
只要想要，我們就能做到。
我們現在要去——算了別在意，
兄弟，你的尾巴垂在身後！

我們聽過的那些話語，
由蝙蝠或野獸或禽鳥提起——
皮毛、魚鰭、鱗片或羽毛——
快把它們混在一起！
太棒啦！真出色！再一遍！
我們能像人類一樣說話，
我們假裝自己……算了別在意，
兄弟，你的尾巴垂在身後！
這就是猴族處事的方法。

加入我們跳躍的行列，嗅聞著強烈的松樹氣味，一路躍升到野葡萄垂掛之處，又輕又高。
我們清醒時胡說八道，製造崇高的喧鬧，
我們一定要、一定要，完成那些偉大的事！

3

老虎謝爾汗與毛克利的最終之戰

〈老虎！老虎！〉

勇敢的獵者，狩獵狀況如何呢？
兄弟，等待耗時，寒風料峭。
你想獵殺的動物情況如何？
兄弟，他在叢林中靜靜吃草。
讓你自豪的力量在哪裡呢？
兄弟，那力量正從我身側汩汩流出。
你這麼匆忙是要前往何處？
兄弟，我要歸巢——等待死亡的來到。

現在，我們要回到第一個故事之後的事了。毛克利在會議岩頂和狼群大戰之後離開了狼的洞穴，往下走到了村民居住的農地。但是他沒有在這裡停留，因為這裡離叢林太近了，他知道自己在會議中樹立了至少一個糟糕的敵人。所以他加快腳步，沿著人類走出來的崎嶇小路跑下山谷，一路穩定的小跑步。跑了將近三十二公里，直到進入他不熟悉的地方才慢下來。山谷逐漸轉為開闊，變成了一大片平原，上面有一些零星的大石頭和分割平原的山溝。在平原的其中一端有一座小村莊，另一端的山坡上則是一座茂密的叢林，與平原接壤的叢林就像被鋤頭俐落斬斷似的，突然變成了一片牧場。平原上到處都是家畜與水牛在吃草，牧童一看到毛克利就大喊大叫著跑走了，在印度村莊漫步的土黃色牧羊犬也開始狂吠。毛克利繼續走著，他覺得餓了，抵達村莊入口時，他在晨光中看到入口前有一大叢被拖到一旁的荊棘。

「啊！」毛克利說。在來到這裡的一路上，他尋找食物時曾見過好幾個同樣的荊棘路障。「所以說，這裡的人類也害怕叢林生物啊。」他在大門口坐下來，直到一名男人走出來後，他又站起身，打開嘴巴並用手往裡面指了指，表示他想要食物。男人目瞪口呆的看著他，接著跑回村莊的街上，大叫著要祭司過來。祭司是一名體型龐大肥胖的白衣男子，他的額頭上畫了紅黃相間的符號。當祭司來到門口時，至少有一百個人跟在他的身後，他們盯著毛克利看，不斷交談、喊叫、指指點點。

「這些人類真是一點禮貌也沒有。」毛克利喃喃自語。「只有灰色猿猴才會做出這種行為。」因此他把長頭髮撥到身後，向他們皺起眉。

「這有什麼好害怕的？」祭司說。「看看他手臂和腿上的疤痕，那是被狼咬的痕跡，他只是個逃離叢林的狼孩子罷了。」

和小狼崽一起玩耍的時候，他們時常在輕咬毛克利時不小心太過用力，因此他的手腳上全都是白色的傷疤。但是他大概是全世界最不可能把這些疤痕稱做「狼咬」的人了，因為他很清楚真正的狼咬是什麼樣子。

「唉呀！唉呀！」兩、三名女人一起說。「竟然被狼咬了，可憐的孩子！他是個好看的男孩，眼睛就像紅色的火焰。梅蘇雅，我敢保證，他長得很像妳那個被老虎帶走的孩子。」

「讓我看看。」一名女人說，她的手腕和腳踝上都帶著沉重的銅環，她把手掌朝下，平放在眼睛上方，仔細看了看毛克利。「的確很像。他比較瘦，但他看起來的確就是我的孩子。」

祭司是個聰明人，他知道梅蘇雅是村莊首富的妻子。他凝視天空一分鐘後嚴肅的說：「叢林取走的東西，叢林又還給妳了。我的姊妹，把男孩帶回家吧，別忘記給予我這個看顧人類生活的祭司應有的榮耀。」

「我用買下我的那頭公牛為名發誓，」毛克利自言自語，「這些對話就像當初狼群在決定是否要接納我時的對話。好吧，如果我是人類，就一定要好好成為人類。」

群眾散去，女人招呼毛克利到她的小屋，裡面有一個紅漆床架、有奇妙花紋的巨大木櫃、六個煮飯用的銅鍋、裡頭放著印度神祇圖片的壁龕，牆上還有一個真的能看到另一側的玻璃，就像在大城市博覽會上拿出來展示的那種。

她讓毛克利喝了很多牛奶、吃了一些麵包，接著她把手放在毛克利的頭上，深深看進他的雙眼。女人覺得，或許來自叢林的毛克利真的是她那個被老虎帶走的兒子，因此她說：「納索，納索啊！」毛克利的樣子看起來不知道這個名字。「你不記得我買新鞋子給你的那天嗎？」她摸了摸毛克利的腳，這雙腳幾乎像牛角一樣堅硬。「不，」她傷心的說，「這雙腳從沒穿過鞋子，但你還是很像我的納索，因此你將會成為我的兒子。」

毛克利覺得有些焦躁，他從來沒有待在屋頂之下過。但是他看了看茅草屋頂，便知道只要自己想離開，就能隨時把屋頂拆毀，而且窗戶也沒有上鎖。「如果不懂人類的話語，那麼當人類又有什麼好處呢？」最後他這麼對自己說。「我就跟跑進叢林裡遇到其他動物的人類一樣又蠢又笨。我必須學會他們的話語。」

他在森林裡和狼相處時，學會如何模仿公鹿的挑釁叫聲和小野豬的咕嚕叫聲，他並不是為了好玩才學的。所以，只要梅蘇雅說出任何字眼，毛克利就會以幾乎完美的音調複述一遍，在天黑之前，他已經學會了小屋內許多物品的名稱了。

毛克利在上床睡覺時遇到了一點困難，因為他不願意在這棟看起來像是獵豹陷阱的小屋中睡覺，在他們關上門之後，毛克利就從窗戶跑出去了。

「讓他去吧。」梅蘇雅的丈夫說。「妳要記得，他在這之前都沒有床可以睡。如果他真的是叢林送回來取代我們兒子的，那麼他就不會逃跑。」

因此，毛克利便在有著又長又乾淨青草的平原邊緣伸展身體，但是在他閉上眼睛之前，一個柔軟的灰色鼻子戳了戳他的下巴。

「呼！」灰狼哥哥長吁了口氣（他是狼媽媽生的小狼崽中年紀最大的）。「你現在的狀況對於跟著你走了三十二公里的我來說，是最糟糕的獎勵。你聞起來像是木頭燃燒時的煙和家畜——已經是人類的味道了。起來，兄弟，我有消息要告訴你。」

「叢林裡的大家都好嗎？」毛克利說著抱了抱灰狼哥哥。

▲灰狼哥哥說：「起來，兄弟，我有消息要告訴你。」

「除了被紅花燒到的狼以外，大家都好。聽好了，謝爾汗到很遠的地方去狩獵了，因為他的毛皮有很多地方都燒焦了，所以要等到毛皮長齊了才會回來。他發誓要在回來之後，把你的骨頭丟在瓦岡加。」

「作夢。我也做了一個小小的承諾，可是有消息就是好消息。我今晚很累了，這些新東西讓我累壞了，灰狼哥哥，但是我希望你能經常告訴我新消息。」

「你不會忘記你是隻狼吧？人類不會讓你忘記這件事吧？」灰狼哥哥緊張的說。

「絕對不會。我永遠都會記

得我愛著你們，愛著我們洞穴裡的每一匹狼。但是我也會永遠記得我被狼群驅逐了。」

「但是你也要記得，你也可能會被這個族群驅逐。人類只是人類啊，小兄弟，他們說的話就像青蛙在池塘裡說的話。我下次來這裡時，會在牧場邊緣的竹林等你。」

那晚過後，連續三個月的時間，毛克利都沒有離開村莊的大閘門，學習人類的行為和習俗實在讓他太忙了。首先，他必須學會穿衣服，這讓他覺得相當困擾。接著，他必須學會他完全搞不懂的「錢」，然後又要學會他覺得毫無意義的「耕田」。另外，村裡的小孩也讓他非常憤怒。幸好叢林法則教會他如何控制情緒，因為在叢林裡，想要活命和獲得食物的生物都必須懂得控制情緒。但是當村裡的小孩因為他不玩遊戲或不放風箏，又或者因為他講話發音錯誤而取笑他時，唯有「殺掉光溜溜的小型幼崽有失動物風範」的這個想法，能阻止他把那些小孩抓起來折成兩半。

他一點都不知道自己的力氣有多大。在叢林時，他知道自己和其他野獸比起來非常弱小，但是在村莊裡，村民都說他簡直和公牛一樣強壯。

毛克利完全不了解把人分類成不同階級的「種姓制度」是什麼東西。當製陶工人的驢子陷入泥濘中時，他抓住驢子尾巴把他拖了出來，又幫工人把陶器疊好，讓他們帶去坎尼瓦拉的市集販賣。這件事讓村民大為震驚，因為製陶工人的階級很低，那隻驢子的階級當然就更低了。被祭司責罵時，毛克利威脅要把祭司丟到驢子上，於是祭司告訴梅蘇雅的丈夫，最好盡快讓毛克利去工作。所以村長告訴毛克利，隔天他就可以和水牛一起離開村子，在水牛吃草時看顧他們。這件事讓毛克利比誰都開心。

那天晚上，村裡和往常一樣指派了一名僕人給他，因此他跑出小屋，來到一株巨大的無花果樹下，每天晚上都會有人在那棵樹下的磚石平台上圍圈而坐。這是村民的聚會，村長、守衛、理髮師（他知道村裡的所有八卦），和擁有一把塔爾火繩槍的村莊獵人老布德歐，都聚在這裡抽菸。猴子坐在上面的樹枝說話，而磚石平台的下面有一個洞，裡面住著一隻眼鏡蛇，由於他是神聖的蛇，所以每晚都有一小盤牛奶可以喝。老男人圍繞著這棵樹坐著聊天，他們會在那裡抽胡卡（水煙）直到深夜。他們會說一些與眾神、人類和鬼魂有關的故事。布德歐最常說有關叢林野獸如何生活的精采故事，坐在圓圈外的孩子總是驚奇得眼睛都快從眼眶裡掉出來了。這些故事大部分和動物有關，因為叢林就在村外。鹿和野豬會掘起他們的作物；而天色昏暗時，偶爾會有老虎出現在村莊大閘門就能看見的距離，把男人給抓走。

毛克利自然知道他們在說什麼，因此當布德歐把塔爾火繩槍橫放在膝上，一個接著一個講述精采的故事時，毛克利不得不掩住臉，以免被別人發現他在偷笑，而且笑得肩膀抖個不停。

這晚，布德歐正在解釋帶走梅蘇雅兒子的鬼老虎是什麼樣子，他的身體被好幾年前死去的邪惡老債主鬼魂占據。「我知道這一定是真的，」他說，「因為普若·達司在某一次帳本被燒掉的暴動中被打到瘸了一隻腳，而我說的那隻老虎，從他深淺不一的足跡來看，他也瘸了一隻腳。」

「沒錯，沒錯，這一定是真的。」蓄著灰色鬍子的男人一起點點頭說。

「你們說的故事都這麼薄弱又充滿幻想嗎？」毛克利說。「那隻老虎會瘸腳，是因為他生下來就是如此，大家都知道這件事。竟然還說什麼債主的靈魂跑到野獸體內，那隻野獸甚至沒有豺狼勇敢呢。你們說的話簡直是小孩子的幻想。」

布德歐太驚訝，一時之間說不出話來，村長則瞪著毛克利。

「哇喔！你就是那個叢林小子，對吧？」布德歐說。「如果你真的這麼聰明，那就把老虎的毛皮拿去坎尼瓦拉呀，那裡的政府正用一百盧比的價格懸賞他的性命。你最好別再說話了，大人講話的時候小孩子不要插嘴。」

毛克利起身離開了。「我一整個下午都在這裡安靜聆聽，」他邊走邊回頭說，

▲毛克利說：「你們說的故事都這麼薄弱又充滿幻想嗎？」

「明明叢林就坐落在村子大門門外，但是布德歐說的故事裡，只有一、兩次說對了叢林裡的事情，其他都是錯的。我又怎麼能相信他說他看見過的那些眾神、鬼魂和妖精是真的呢？」

布德歐對毛克利的莽撞舉動嗤之以鼻，村長說：「該讓這個孩子去放牧了。」

許多印度村莊的習俗是讓幾名小男孩在一大清早，帶著黃牛和水牛群去村莊外吃草，晚上再帶他們回來。有能力把成年白人踩死的牛，卻允許身高不到他們鼻子的孩子擊打、欺負他們，並對他們大吼大叫。因為只要男孩跟牛群待在一起，他們就是安全的，就連老虎也不敢衝向一整群牛。但是如果獨自到一旁去採野花或抓蜥蜴，就有可能會被老虎抓走。毛克利在黎明時分穿越村莊街道、坐在巨大種牛拉瑪的背上，而牛棚中那些灰藍色的水牛，則舉著尖刺朝向後方的長長牛角、眨著野蠻的眼睛站起身，一頭接著一頭跟在拉瑪身後，毛克利則向跟著他的孩子清楚證明了自己是孩子中的領袖。他用一根光滑的長竹子打水牛，並在跟著水牛前進時告訴其中一名男孩卡姆亞，要他們自己盯好黃牛，毛克利會獨自放牧水牛，他們要自己小心，不要獨自遠離這些家畜。

印度的牧場通常充滿了岩石、灌木、草叢和小山溝，牛群會在牧場上四散到各處吃草。水牛通常只會待在有池塘和泥濘水灘的地方，他們會花好幾個小時在溫暖的泥巴中打滾或泡著不動。毛克利把他們趕到平原的邊緣、瓦岡加河流出叢林的地方。接著他從拉瑪的脖子上跳下來，小跑進竹林中，在裡面找到了灰狼哥哥。

「啊，」灰狼哥哥說，「我已經在這裡等了好多天了。你們把那些牛一起帶出來做什麼？」

「這是他們的規矩。」毛克利說。「我之後會替村莊放牧一陣子。有謝爾汗的消息嗎？」

「他從別的地方回來之後在這裡等你很久了，但是現在獵物很稀少，所以他又離開了。可是他已經下定決心要殺了你。」

「很好。」毛克利說。「只要他還沒回來，你或其他兄弟就去坐在那塊岩石上，這麼一來，我離開村莊的時候就會看到。他回來的那天，你就到平原中央那棵膠蟲樹旁的山溝裡等我。我們沒有必要自投羅網。」

接著毛克利找了一個陰涼處躺下來睡覺，讓水牛到他身邊吃草。在印度放牧可以說是全世界最閒的工作了。黃牛群四處移動、吃草、躺下，然後再繼續四處移動，他們連叫都不叫，只會發出咕噥聲；水牛則鮮少說話，只會一頭接著一頭踏進泥漿池裡，讓身軀在泥漿裡下沉，直到泥漿表面只剩下鼻子和直盯著人的瓷藍色眼睛為止，之後便會像木頭一樣躺在那裡動也不動。陽光使岩石在熱氣中躍動，牧童聽見頭上幾乎看不清楚的地方有一隻鳶鳥（從來不會多於一隻）在鳴叫，他們知道如果自己即將死去，或某隻牛即將死了，鳶鳥就會俯衝下來，接著數公里之外的另一隻鳶鳥便會因為看到這隻鳶鳥降落而跟過來，就這麼接二連三的變成一大群，在那隻即將死亡的生物死透之前，一大群不知來自何方的飢餓鳶鳥會出現在他身邊。

牧童睡了又醒，醒了又睡，他們用乾草編織草籃，把蚱蜢放在裡面，或抓兩隻螳螂讓他們打架，或用紅色與黑色的叢林堅果編一條項鍊，或看著蜥蜴在岩石上晒太陽，或看著蛇在附近的水坑旁獵捕青蛙。他們會唱很長、很長的歌，用當地特有的奇怪顫音結尾，他們的一天似乎比多數人的一輩子還要更長，有時候他們會用泥漿製作泥漿城堡，再做一些泥漿人和泥漿家畜，再把蘆葦放在泥漿人手中，假裝自己是國王，而那些泥漿人是他們的軍隊，又或者他們是這些泥漿人崇拜的神祇。鄰近傍晚時，孩子紛紛開始大喊，水牛從黏膩的泥漿中撐起身，接二連三發出像槍響的巨大聲音，他們排成一列穿越灰濛濛的平原，回到村莊的搖曳燈火中。

毛克利日復一日帶水牛群去泡泥漿浴，也日復一日的在一公里之外的大石頭上看見灰狼哥哥的身影（如此一來，他就知道謝爾汗還沒回來），他日復一日的躺在草叢中傾聽周圍的聲響，懷念著在叢林中的往日時光。如果謝爾汗出現在瓦岡加的叢林中，只要他用瘸腳踩錯一步，毛克利就一定會在那些冗長沉靜的早晨中聽出來。

這一天，毛克利終於沒有在約好的地點看見灰狼哥哥的身影，他大笑起來，把水牛趕向蟲膠樹旁的山溝，那裡開滿了金紅相間的花朵。灰狼哥哥就坐在那裡，背上的每一根毛都豎了起來。

「他躲了一整個月就是為了讓你放鬆警戒。他昨天晚上和塔巴基一起跑到這附近了，他們的足跡顯得很匆忙。」灰狼哥哥喘著氣說。

毛克利皺起眉頭。「我不怕謝爾汗，但是塔巴基很狡猾。」

「不用擔心。」灰狼哥哥輕輕舔了一下嘴脣。「今天，我在黎明時去見了塔巴基。他現在只能跟鳶鳥討論自己有多聰明了，不過在我打斷他的脊椎骨之前，他就已經把所有計畫都告訴我。謝爾汗打算在今晚去村莊大鬧門等你——他只想抓你，不想抓其他生物。他現在正躺在瓦岡加一條乾涸的巨大山溝裡休息。」

「他今天吃過東西了嗎，還是他狩獵落空了？」毛克利問，這個問題將決定他是生是死。

「他在黎明時狩獵了，殺了一隻豬，也喝了水。你記得吧，謝爾汗從來不禁食，就算是為了復仇也一樣。」

「喔！蠢貨、蠢貨！他簡直就是幼崽中的幼崽！吃了食物又喝了水，還以為我會在他睡覺的時候乖乖等他醒來！好了，他在哪裡睡覺呢？只要我們能找齊十個幫手，就可以趁他躺在那睡覺時拿下他了。這些水牛要聞到他的味道才會開始衝刺，我又不會說他們的語言。我們可以去尋找他走過的蹤跡，讓水牛聞到他的味道嗎？」

「為了消滅蹤跡，他是游泳到瓦岡加來的。」灰狼哥哥說。

「一定是塔巴基教他的，他絕對想不出這個主意。」毛克利把手指放在嘴脣上，開始思考。「瓦岡加的大山溝。那條山溝的開口在平原上，距離這裡不到一公里。我可以帶著水牛群穿越叢林，到山溝頭去，然後往下衝，但是這麼一來他一定會溜走。我們必須把另一頭的開口堵住。灰狼哥哥，可以替我把牛群分成兩半嗎？」

「我自己可能沒辦法，但是我帶了一位充滿智慧的幫手。」灰狼哥哥小步跑進一個洞穴裡。接著，洞穴裡冒出了毛克利無比熟悉的巨大灰色頭顱，炙熱的空氣中響起了整座叢林裡最不可能有狼回應的狼嚎——這是狼在正中午發出的狩獵嚎叫。

「阿克萊！阿克萊！」毛克利拍著手說。「我早該知道你不會忘記我。我們現在有一件大事要辦。阿克萊，把牛群分成兩半。把母牛和小牛分成一群，把公牛和犁田的水牛分成另外一群。」

兩隻野狼以來回交錯的方式跑了起來，他們在牛群中進進出出，牛群不斷噴氣並揚起頭顱，接著被分成了兩群。在第一群牛群中，母牛把小牛圍在中間，瞪著外面不斷刨蹄子，準備當狼停在原地時衝刺過去，把他踩得一命嗚呼。另一群則是成年公牛和年輕公牛，他們不斷噴氣、踱步，不過，雖然他們看起來比較凶悍，但是事實上他們的危險性比較低，因為他們不需要保護小牛。就算找來六名男人，也不可能把牛群區分得這麼完美。

「接下來呢！」阿克萊喘著氣說。「他們一直想要重新聚集在一起。」

毛克利翻身跳上拉瑪的背。「阿克萊，把公牛趕到左邊。灰狼哥哥，我們走了之後，你要讓母牛聚在一起，把他們趕到山溝的開口。」

「要趕多遠？」灰狼哥哥一邊喘氣一邊奔跑著說。

「到山溝兩側，高到謝爾汗跳不上去的位置。」毛克利大喊。「讓他們待在那裡，直到我們下來為止。」阿克萊高聲咆哮，使公牛開始移動，灰狼哥哥則停在母牛的面前。母牛立刻朝灰狼哥哥衝刺，灰狼哥哥就這樣跑在母牛的前方，往山溝的開口跑去，同時阿克萊把公牛往左前方趕。

「做得好！再衝一次，他們就要嚇壞了。現在要小心了——阿克萊，小心了。只要咆哮得太大聲，公牛就會開始往前衝。天啊！這個計畫比趕黑羚還要困難。這些牛能跑得這麼快嗎？」毛克利高聲說。

「我年輕時也曾……也曾獵過公牛。」阿克萊在沙塵中氣喘吁吁的說。「我要讓他們轉彎跑進叢林嗎？」

「啊，轉吧！讓他們快點轉彎。拉瑪已經氣到要發瘋了。喔，要是能跟他解釋我希望他怎麼做就好了！」

公牛這次轉向右邊，狂暴的衝進了高高的樹叢裡。另一位牧童在一公里外看到了這些牛群，立刻用最快的速度飛奔回村莊，大叫著水牛都發瘋逃跑了。

其實毛克利的計畫很簡單。他想讓牛群往上繞一大圈，並往山溝頭走，接著再帶著公牛往下進入山溝，讓謝爾汗困在公牛與母牛之間，因為他知道謝爾汗早上才吃飽喝足，一定沒辦法好好打鬥或爬上山溝兩側。他開始出聲安撫水牛，阿克萊則遠遠退到後面，偶爾發出一、兩聲嚎叫催促殿後的牛隻。毛克利繞的這個圈很遠、很遠，因為他不希望牛群離山溝太近驚擾到謝爾汗。最後，毛克利把陷入混亂的牛群帶到山溝頭的一片草地上，那裡有一片陡坡，能往下通向山溝裡面。從他們所在的高度能看見下方平原中眾多樹木的樹頂，但是毛克利看的是山溝的側邊山壁，他滿意的看到兩側山壁都陡峭而筆直，上面垂掛著一些藤蔓和爬藤植物，想要逃跑的老虎是沒有辦法從山壁爬出去的。

「阿克萊，讓他們休息一下。」他舉起一隻手說。「他們還沒有聞到他的味道。讓他們休息。我要告訴謝爾汗是誰來了，他已經落入陷阱中了。」

他把雙手圍靠在嘴巴兩側，對著山溝裡大吼——聽起來就像在隧道裡大吼——

回音在巨大的岩塊之間不斷迴盪。

過了許久，有聲音傳回來了，是已經吃飽喝足又剛睡醒的老虎，發出昏昏欲睡的吼叫聲。

「是誰？」謝爾汗說，一隻顏色絢麗的孔雀尖聲鳴叫著，拍動翅膀飛出山溝。

「是我，毛克利。你這隻偷家畜的賊啊，是時候去參加會議岩頂了！下去！阿克萊，把他們趕下去。下去，拉瑪，下去！」

牛群在陡坡的邊緣停頓了片刻，但是阿克萊發出了高聲的狩獵嚎叫，牛群立刻一隻接著一隻、像蒸汽輪船駛過急流一樣快速往下衝去，沙土與石塊在周圍翻騰。一旦往下跑，就不可能停下來了，在他們進入山溝中央的凹地之前，拉瑪就聞到了謝爾汗的氣味，發出大聲的吼叫。

「哈！哈！」毛克利在他的背上說。「你們現在知道山溝裡有什麼東西了吧！」黑色牛角構成的浪潮、不斷噴吐泡沫的口鼻，以及瞪視前方的眼睛都像山洪帶來的巨石往下衝進了山溝中，比較虛弱的水牛被推擠到了山溝側邊，踩斷了各種爬藤植物。他們知道自己將要面對的是什麼生物——而沒有一隻老虎能在水牛群的可怕衝刺中存活下來。謝爾汗聽到了如雷灌耳的牛蹄踏地聲，他站起來，沿著山溝往開口跑去，一路上不斷左右張望有沒有路能逃出去，但是山溝的岩壁全都垂直於地面，只能繼續往前跑，帶著滿肚子沉重的食物與水，除了奮力一戰之外，要他做什麼他都願意做。牛群狂奔經過了他剛剛離開的水坑、濺起了水花，整個峽谷都迴盪著他們的鳴叫聲。毛克利聽到了山溝開口處傳來了回應的鳴叫，他看到謝爾汗掉頭往回跑（老虎知道在最糟的狀況下，面對公牛絕對好過面對帶著小牛的母牛），接著拉瑪的腳踩了一下，再次加速，踩過了某個柔軟的東西，帶著緊跟在後的其他公牛往對面的牛群全速衝去，而比較虛弱的水牛則因為遇到另一群牛而太過驚嚇，被撞得四腳朝天。拉瑪的衝刺使得兩群牛都跑進了平原中，他們不斷彼此衝撞、踐踏、噴氣。毛克利看準時機，從拉瑪的脖子上滑下來，用棍子左右驅趕他。

「阿克萊，快點！把他們分開。讓他們往不同的方向跑，否則他們會繼續打架。阿克萊，把他們趕走。喝，拉瑪！喝！喝！喝！孩子，冷靜點，冷靜點！已經結束了。」

阿克萊和灰狼哥哥不斷前後奔跑，輕咬水牛的腿，雖然牛群一度轉向要往山溝裡再次衝去，但是毛克利設法讓拉瑪掉頭，於是其他牛群便跟著他到有泥池的地方去了。

不需要再讓牛群踩踏謝爾汗了。他死了，已經有鳶鳥往這裡飛來。

「兄弟們，這就是狗東西的下場。」毛克利一邊說，一邊摸著他帶來的刀。和人類一起住之後，他便拿了一把刀插在刀鞘裡，總是掛在脖子上。「他一點鬥志也沒有。把他的皮毛放在會議岩頂上一定會很棒。我們剝皮時要小心。」

由人類訓練出來的男孩連想都不敢想要怎麼替一隻三公尺長的老虎剝皮，但是毛克利比任何人清楚動物的毛皮結構，以及要如何把皮剝下來。但是剝皮是件很累人的工作，毛克利一邊切割、一邊撕扯、一邊咕噥抱怨了整整一個小時，這段時間兩匹狼懶洋洋的在一旁吐著舌頭，偶爾在毛克利的命令下走過來幫忙用力拉扯毛皮。

突然之間，一隻手落在了毛克利的肩上，他抬頭，看到了拿著塔爾火繩槍的布德歐。先前，孩子已經把水牛四處亂跑的事通知村子裡的人了，布德歐怒氣衝衝的跑出來，因為太過焦急，他完全忘記糾正毛克利沒有好好放牧的行為。兩匹狼一看到人類靠近，就退到人類視野範圍之外去了。

「你這是在做什麼蠢事？」布德歐怒火衝天的說。「竟然以為自己能剝下一整隻老虎的皮！水牛是在哪裡殺掉他的？這就是那隻瘸腳老虎，價值高達一百盧比的獎金呢。不錯、不錯，這麼一來，我們就可以原諒你讓牛群跑掉的錯了，說不定等我把這張毛皮拿去坎尼瓦拉之後，還會從獎金裡面分一盧比給你。」他從腰間的纏布中摸索出了燧石和鋼條，彎下腰開始燃燒謝爾汗的鬍子。多數的當地獵人都會把老虎的鬍鬚燒掉，以避免老虎的鬼魂找他們索命。

「呵！」毛克利說，他一邊半是自言自語的說話，一邊把一隻前腳的皮剝下來。「所以你要把皮毛拿去坎尼瓦拉換獎金，然後可能會給我一盧比？現在我決定要把毛皮留下來自己用了。喂！老頭，把火拿開！」

「你這是跟村裡的首席獵人說話的態度嗎？你是因為運氣好，加上水牛很笨，才殺了這頭老虎的。這隻老虎才剛吃飽，不然早就跑到三十公里之外了。你這個混蛋小乞丐，甚至連好好剝皮都不會，還是別妄想命令我不准燒鬍鬚吧。毛克利，之後我連一安那幣（十六安那幣等於一盧比）都不會給你了，你只會得到一頓毒打。離屍體遠一點！」

「我要以買下我的那頭公牛為名發誓，」毛克利一邊說，一邊努力剝下老虎肩膀的皮，「難道我要花一整個中午的時間聽一隻老猿猴囉哩囉嗦嗎？來，阿克萊，這個人類快煩死我了。」

布德歐原本還對著謝爾汗的頭彎著腰，下一刻他就栽倒在草地上，一隻灰狼站在他身上，一旁的毛克利還在繼續剝皮，彷彿全印度只剩下他一個人似的。

「沒……沒錯。」毛克利咬緊牙關道。「布德歐，你說得沒錯。你連一安那幣的獎賞都不會分給我。瘸腳老虎和我之間這場長久的仗啊——這是一場非常長久的仗，是我贏了。」

為了公平起見，我們要為布德歐說句話，要是他比現在年輕個十歲，在森林裡遇到阿克萊時一定會奮力一戰，但是現在這隻懂得服從一名小男孩命令的狼可不是普通的狼，而且這名小男孩和吃人的老虎之間竟然還有私仇。布德歐想著，這一定是最駭人的巫術和魔法，不知道脖子上的護身符能不能保護他。他一動也不敢動的躺在地上，每一分鐘都覺得自己馬上就要看見毛克利變身成為老虎了。

「馬哈拉吉啊！偉大的國王啊！」最後他終於用粗啞的嗓音小聲道。

「怎麼。」毛克利回答時笑了一聲，沒有轉過頭。

「我是個老頭了。我不知道你不僅僅是個牧童。我可以起身離開嗎？還是你的僕人會把我撕成碎片呢？」

「離開吧，你可以安全離開。不過別再干涉我狩獵了。阿克萊，讓他走。」

布德歐跌跌撞撞的用最快的速度往村莊走去，他一邊走一邊回頭往後看，擔心毛克利會變成什麼可怕的東西。他到了村莊後，講了一個充滿魔法、咒語和巫術的故事，祭司的臉色變得很凝重。

毛克利繼續剝皮，但是等到他和兩匹狼把整張巨大、鮮豔的毛皮從老虎身體上剝下來時，已經快要黃昏了。

▲布德歐一動也不敢動的躺在地上，
每一分鐘都覺得自己馬上就要看見毛克利變身成為老虎了。

「我們必須把毛皮藏起來，然後我要把水牛帶回家了！阿克萊，幫我把牛群聚集起來。」

牛群在霧濛濛的夕照中集結成群。快要到村莊時，毛克利看到了火光，聽見了廟裡吹海螺和敲鐘的聲音。似乎有半數村民都在村子門口等他。「這是因為我殺了謝爾汗。」他告訴自己。但是接著就有許多石塊對著他呼嘯飛來，村民大喊大叫：「巫師！狼的雜種！叢林的惡魔！滾開！快滾，否則祭司會把你再變回一匹狼！開槍，布德歐，快開槍！」

老舊的塔爾火繩槍碰一聲發射了，一頭年輕的水牛發出痛苦的嗚叫。

「他又使出巫術了！」村民大喊。「他可以讓子彈轉彎。布德歐，那是你的水牛。」

「現在是怎麼回事？」毛克利說，他毫無頭緒的看著他們朝他擲出愈來愈多石頭。

「你的這些兄弟啊，他們和狼群沒有什麼不同。」阿克萊從容的坐下來說。「我很清楚，如果子彈有任何意義的話，只會代表他們想要驅逐你。」

「狼！狼的幼崽！快滾！」祭司大吼著，手中揮舞一根聖羅勒枝條。

「又是這樣？上次是因為我是人類，這次是因為我是狼。阿克萊，我們走吧。」

一名女人——是梅蘇雅——往外跑到了牛群前，哭喊道：「喔，我的兒子，我的兒子！他們說你是個巫師，你可以隨心所欲的把自己變成野獸。我不相信他們，但是你必須離開，否則他們會殺了你。布德歐說你是巫師，但是我知道你為納索的死報了仇。」

「梅蘇雅，快回來！」群眾大喊。「快回來，否則我們也要向妳丟石頭了。」

毛克利發出了短促而難聽的笑聲，因為其中一塊石頭打中了他的嘴。「梅蘇雅，快回去吧。這只不過是他們在黃昏的大樹下說的一個愚蠢故事罷了。我至少讓那隻老虎為你兒子的性命付出代價了。永別了，快跑吧，因為我要讓牛群回村子裡了，他們的速度比碎石頭更快。梅蘇雅，我不是巫師。永別了！」

「好了，阿克萊，我們再來一次。」他大叫。「把牛群趕進去。」

水牛因為非常緊張，所以都急著跑進村莊。他們幾乎不需要阿克萊大吼，就像旋風一樣衝進了村莊大閘門，把人群驅散到左右兩側。

「數清楚了！」毛克利鄙夷的大喊。「說不定我偷了其中一頭牛呢。數清楚了，因為我不會再為你們放牧。你們這群乳臭未乾的人類啊，永別了，你們全都應該感謝梅蘇雅，因為她，我才決定不帶著狼進入你們的街道，把你們殺死。」

他回過頭，和孤狼一起離開了。他抬頭看向星星，覺得很快樂。「阿克萊，我不需要睡在陷阱裡了。我們去拿謝爾汗的毛皮然後離開吧。不，我們不會獵殺這個村莊裡的人，因為梅蘇雅一直對我很好。」

月亮升起至平原上方，整片草場都變成了乳白色，驚恐的村民看見毛克利頭上頂著一團東西，身後跟著兩匹狼，用野狼特有的穩定步伐穿越平原，他們用野火一樣的速度迅速橫越好幾公里。接著，村民敲響寺廟的鐘、吹響他們的海螺，發出前所未有的巨大聲音。梅蘇雅嚎啕大哭，布德歐則編織著他在叢林中的冒險故事，故

▲月亮升至平原上方，村民看見毛克利頭上頂著一團東西，身後跟著兩匹狼。

事的最後，他描述阿克萊用後腿站起來，像人類一樣說話。

毛克利和兩匹狼來到會議岩頂的山丘上時，月亮正在西沉，他們中途在狼媽媽的洞穴前停了下來。

「媽媽，他們把我從人族中驅逐出來了，」毛克利高聲道，「但是我遵守承諾，帶著謝爾汗的毛皮回來了。」狼媽媽姿勢挺拔的從洞裡走出來，身後跟著小狼崽，當她看見毛皮時雙眼綻放出光芒。

「我在那天就告訴過他了，他把頭和肩膀擠進這個洞穴、想要取走你的性命那天，小青蛙——我說，他這個獵人終將會被獵殺。你做得很好。」

「小傢伙，你做得很好。」樹叢中傳出了一陣低沉的嗓音。「沒了你之後，我們在叢林裡很寂寞。」巴契拉跑到了毛克利的光腳旁。他們一起爬上會議岩頂，毛克利把毛皮攤開，鋪在阿克萊以前坐的那塊平坦岩石上，又用四根竹條把毛皮固定住，讓阿克萊躺在毛皮上。

阿克萊高喊著召開會議的嚎叫：「看啊——狼群，看清楚了！」毛克利第一次被帶到這裡時，他也曾這麼高喊過。

在阿克萊失去首領地位後，狼群就再也沒有領袖了，他們從那個時候開始，就一直隨心所欲的狩獵和打鬥。但是出於習慣，他們還是回應了這聲狼嚎，有些狼因為踩到陷阱而瘸了腳，有些狼因為槍傷而跛行，有些狼因為吃了糟糕的食物而得了皮膚病，有些狼則失蹤了。但是現存的所有狼都來到了會議岩頂，他們看到謝爾汗被剝下的毛皮鋪在了岩石上，巨大的老虎腳掌懸掛在空蕩蕩的虎皮末端。這時候毛克利唱起了一首完全沒有押韻的歌，這首歌自然而然的湧上喉頭，他高聲喊唱，在巨大的毛皮上跳上跳下，用腳跟打著拍子，直到喘不過氣來為止。在他唱歌時，灰狼哥哥和阿克萊不斷在歌詞停頓時跟著嚎叫。

「狼群呀，看清楚了。我是不是遵守了承諾？」毛克利在唱完歌後說道。

▲他們一起爬上會議岩頂，毛克利把毛皮攤開在那塊平坦岩石上。

狼群咆哮：「是的。」

其中一匹毛皮參差雜亂的狼嚎叫著：「阿克萊啊，再次領導我們吧；人類幼崽啊，再次領導我們吧。我們已經厭倦了這種缺乏法則的生活了，我們願意再次成為自由的子民。」

「不，」巴契拉輕柔的說，「他們不會答應的。等到你們吃飽喝足了，就會再次陷入瘋狂。你們被稱作自由的子民自有其道理。你們會為了自由而戰，你們生來如此。狼群啊，承受後果吧。」

「人族和狼群都驅逐了我。」毛克利說。「從今天開始，我將獨自在叢林中狩獵。」

「那麼我們將會跟著你狩獵。」四匹小狼崽說。

於是毛克利離開了，從那天開始，他便和四匹小狼崽一起在叢林狩獵。但是他並沒有孤獨終身，過了很多年後，他成為了人類，也結了婚。

但那就是該說給大人聽的故事了。

〈毛克利之歌〉（他在會議岩頂、謝爾汗的皮毛上跳舞時所唱的歌）

毛克利的歌——由我毛克利來唱。讓叢林聽清楚我做了什麼事。

謝爾汗說他要大開殺戒——大開殺戒！他要在黃昏到大閘門去殺死青蛙毛克利！

他大吃大喝。喝個夠吧，謝爾汗，因為你何時才能再喝水？睡吧，夢見獵殺吧。

我獨自站在牧場上。灰狼哥哥，來我這裡！孤狼，來我這裡，因為有一場盛大狩獵將要來臨。

帶來數量龐大的公水牛，藍灰色皮膚的種牛睜著憤怒的雙眼。聽我的號令，把他們趕向左右。

謝爾汗，你還在沉睡？醒來，醒來吧！我來了，公牛群跟在我身後。

水牛之王拉瑪不斷跺著牛蹄。瓦岡加的水啊，謝爾汗去了哪裡？

他不像豪豬伊奇會挖洞，不像孔雀阿毛能飛天，也不是蝙蝠曼格能倒掛在樹枝上。吱嘎作響的小竹林，告訴我他去哪裡了？

噭！他在那裡。啊哈！他在那裡。瘸腳的他躺在拉瑪的腳下。起來，謝爾汗！起來狩獵！肉在這裡，咬斷這些公牛的脖子吧！

噓！他睡著了。我們不要吵醒他，因為他力大無窮。鳶鳥飛下來見證他的強大，黑螞蟻爬上來認識他的強大，這麼多生物都來對他致敬。

啊啦啦！我沒有衣服能穿。鳶鳥會看到我赤身裸體。我羞於和這些生物見面。

謝爾汗，把你的毛皮借給我吧。借我你偉大的條紋毛皮，讓我能前往會議岩頂。

我曾以買下我的那頭公牛發誓要做到一個承諾——小小的承諾。想要遵守承諾，我只缺少你的毛皮。

用這把刀——人類使用的這把刀、人類獵人的這把刀，我將為了我的禮物彎下腰。瓦岡加的水啊，請見證謝爾汗因為對我的愛而給我他的毛皮。灰狼哥哥，用力拉！阿克萊，用力拉！謝爾汗的毛皮沉重無比。謝爾汗的毛皮沉重無比。

人族怒火中燒。他們丟了石頭，又說了幼稚的話。我的嘴巴在流血。讓我們逃跑吧。

穿越夜晚、穿越炙熱的夜晚，我的兄弟們，和我一起快跑。我們要離開村莊的火光，跑向低低垂掛在夜空的月亮。

瓦岡加的水啊，人群已驅逐我。我沒有傷害他們，但他們卻懼怕我。這是為什麼？

狼群，你們也驅逐我。叢林摒棄我、村莊摒棄我。這是為什麼？

就像蝙蝠曼格在野獸與禽鳥之間來回飄泊，我也在村落與叢林之間來回飄泊。這是為什麼？

我在謝爾汗的皮毛上跳舞，但我的心好沉重。我的嘴巴因為村莊擲來的石頭流血受傷，但我的心卻好輕盈，因為我回到了叢林。這是為什麼？

兩個種族在我心中互相爭鬥，就像蛇在春季互相爭鬥。我的眼中流出了液體，然而我卻在這時哈哈大笑。這是為什麼？

我是擁有兩種身分的毛克利，但謝爾汗的毛皮在我腳底。

整座叢林都知道我殺了謝爾汗。看啊——狼群，看清楚了！

啊哈咿！我的心因為我不了解的事物變得沉重。

4

白海豹科提克的夢想之島

〈白海豹－海豹搖籃曲〉

喔！乖乖睡，我的寶貝，夜晚在我們後面，
閃爍著光芒的水是如此漆黑。
月亮在碎浪之上俯視我們，
休憩在迴盪浪濤聲的洞穴之間。
在巨浪與巨浪相接的地方，溫柔的水是你的眠床。
啊，擺鰭直到疲憊，安心蜷縮在這邊！
風暴不會使你驚醒，鯊魚無法將你抓去，
在海水溫柔搖晃的臂彎中沉睡。

這個故事發生在好幾年前，在很遠、很遠的白令海上有一座聖保羅島，島上有一個叫做諾瓦斯托納的地方，那裡也被稱做東北角。告訴我這個故事的是鶺利莫辛，當時他被吹到了一艘正往日本前進的蒸汽船船纜上，我把他救回我的船艙，花了幾天時間讓他取暖、進食，直到他的狀態恢復到能夠飛回聖保羅島為止。利莫辛是一隻十分怪異的小鳥，但是他知道如何描述真相。

沒有生物會毫無原因的前往諾瓦斯托納，而唯一會定期前往的生物只有海豹。到了夏季，會有成千上萬隻海豹從冰冷的灰色海洋中爬上諾瓦斯托納的陸地，因為這裡的海灘是全世界最適合海豹居住的地方。

海豹希凱奇也很清楚這一點，每到春天，無論他在哪裡，都會往諾瓦斯托納直直游去——他游起泳就像魚雷快艇一樣。接著他要花上一個月的時間和其他同伴互相打鬥，為了占據岩石中最靠近海水的最佳位置。希凱奇今年十五歲了，他是一隻巨大的灰色海豹，鬍鬚幾乎要垂到肩膀上，有一副長而漂亮的犬齒。當他用前鰭撐起上半身時，身高能達到一．二公尺，而他的體重（如果有人膽敢幫他量體重的話）則超過三百公斤。他全身上下都是兇殘打鬥留下的傷疤，但是他永遠都準備好再打一架。他會把頭轉向一側，似乎害怕直視敵人的臉，接著他會如閃電般快速往前衝，等他用巨大的牙齒咬住另一隻海豹的脖子之後，另一隻海豹或許有辦法掙脫，但是希凱奇絕不會刻意放鬆。

不過希凱奇從來不會繼續追打被打敗的海豹，因為這麼做違反了海灘法則。他只希望能獲得海邊的地盤來養育下一代，但是由於每年春天來到這裡的四、五萬隻海豹都懷抱著同樣的目的在此打鬥，所以海灘上的尖嘯、鳴叫和噴氣聲都會大到令人害怕。

從一座名叫赫欽森山的小山丘上往下看，你將會看見方圓將近五公里的範圍內全都擠滿了互相打鬥的海豹，岸邊的浪花間全都是一個又一個小黑點，都是趕著要上岸打鬥的海豹。他們在碎浪間打鬥、在沙灘上打鬥、在光滑的玄武岩上打鬥，因為他們就像男人一樣愚蠢又固執。他們的妻子不希望自己在打鬥中被撕成碎片，因此要到五月底或六月初才會來到島上。兩歲、三歲和四歲的海豹還年輕，所以還沒開始組建家庭，他們會往內陸移動約一公里，穿越一排又一排的鬥毆者，在海豹之間的一座座砂丘上玩樂，把長在上面的綠色植物都蹭掉。他們被稱做霍洛奇吉——意思是單身漢。而光是來到諾瓦斯托納的霍洛奇吉，就大概有二、三十萬隻那麼多。

正當希凱奇打完了這年春天的第四十五場架之後，他的妻子瑪塔卡從海中上了岸，瑪塔卡的身段柔軟、毛皮滑順、眼神溫柔，希凱奇叼住她的後頸，把她叼到繁殖地的地盤後丟下她，暴躁的問：「每次都遲到。妳跑到哪裡去了？」

希凱奇停留在岸上的這四個月都不會進食，所以這時候他的脾氣總是很差。瑪塔卡很清楚現在沒有必要回嘴。她環顧四周，哄著希凱奇說：「你真貼心。你又占到了我們常用的老位置。」

「那是當然的，」希凱奇說，「妳看看我！」

他身上有二十道正在流血的傷口，其中一隻眼睛差點瞎了，身側血肉模糊。

「喔，你們這些雄海豹、你們這些雄海豹啊！」瑪塔卡一邊說，一邊搧了搧後鰭。「你們為什麼不能用更理智的方式，文雅的決定地盤呢？你看起來就像剛跟殺人鯨打過一架。」

「從五月中到現在，我除了打架什麼事都沒有做。這片海灘在這個季節擠到不像話，我至少遇到一百隻從盧肯南海灘過來找繁殖地的海豹。為什麼他們就不能好好待在原本的地方呢？」

「我常常覺得，要是我們不來這個擁擠的海灘，改去奧圖島的話，一定會開心得多。」瑪塔卡說。

「哈！只有霍洛奇吉才會去奧圖島。如果去了那裡，他們會說我們是怕了他們。我們一定要維持尊嚴，親愛的。」希凱奇驕傲的把頭縮進肥胖的肩膀之間，花了幾分鐘假裝自己陷入沉睡，但其實他一直都警覺的留意有沒有海豹想跟他打架。如今所有海豹和他們的妻子都在岸上了，就算走到距離海邊好幾公里遠的地方，就算風聲大作，你也能聽到他們的喧鬧聲。用最保守的方式計算，海邊至少有一百多萬隻海豹——老海豹、媽媽海豹、嬰兒海豹和霍洛奇吉，他們一起互毆、扭打、亂叫、爬行和玩樂——成群結隊的下海再上岸，舉目所及的每一公尺海灘上都躺滿了海豹，他們在霧氣中分成一個又一個小群體互相亂鬥。諾瓦斯托納總是霧氣瀰漫，只有太陽剛升起的那一小段時間霧氣才會散去，使一切看起來像珍珠與彩虹一樣熠熠生輝。

瑪塔卡的兒子科提克就是在這樣的迷幻時刻出生，他和一般的小海豹一樣看起來圓滾滾的，有一雙水汪汪的淺藍色眼睛。但是他的毛皮有一點特別，因此他的媽媽特別仔細的觀察了一下。

「希凱奇，」她最後說，「我們的寶寶會是白色的！」

「妳說的話簡直就像空蕩蕩的牡蠣殼和乾巴巴的海草一樣不可能！」希凱奇不屑的說。「這個世界沒有白色海豹這種東西。」

「那我也沒辦法，」瑪塔卡說，「總之，從今天開始就會有白色海豹了。」她用低沉輕緩的聲音唱起了海豹媽媽都會對海豹寶寶唱的歌：

「在六週大之前絕對不能下海，
否則你會頭上腳下的沉入水中；
而且夏日的海上風暴和殺人鯨，
都會傷害海豹寶寶。
會傷害海豹寶寶，我親愛的小寶貝，
最可怕的那種傷害。
但是濺起水花並變得強壯吧，
你不會犯錯的，
屬於開闊海域的孩子！」

小海豹一開始當然不理解這首歌的意思。他在媽媽身邊揮動前鰭、胡亂扭動，在爸爸和另一隻海豹打架時學著如何避開他們，爸爸和他的對手在滑溜溜的岩石來回滾動、高聲吼叫。瑪塔卡常去海裡找東西吃，每兩天才餵一次她的寶寶，但是她的寶寶總是努力把所有能吃的東西塞進嘴裡，長得愈來愈強壯。

他做的第一件事就是爬到內陸，在那裡遇到了數萬隻年齡相似的海豹寶寶，他們像小狗一樣一起玩耍，在乾淨的沙地上入睡，接著又再次玩耍。繁殖地的大人不會去注意他們，霍洛奇吉則留在自己的地盤，所以海豹寶寶都玩得很開心。

瑪塔卡從深海捕魚回來後會直接前往他們的遊樂場，像綿羊呼喚小羊一樣叫喚著他們、等待科提克細聲回應。接著她會以最短的直線距離往科提克的方向前進，用前鰭把一路上擋在她面前的小海豹都撞得東倒西歪。遊樂場上總是有數百名媽媽在四處尋找自己的孩子，這讓海豹寶寶總是充滿活力。但是，正如瑪塔卡告訴科提克的：「只要別躺在髒水中並因此罹患皮膚病，只要別把堅硬的砂粒揉進割傷或刮傷的傷口，只要永遠別在大浪洶湧時下海游泳，這裡就沒有任何東西能傷害你。」

小海豹就像人類小孩一樣不太會游泳，但是在學會游泳之前，他們總是悶悶不樂。科提克第一次下海時，一陣海浪把他帶到了比他的身高還要深的地方，他的大頭往下一沉，小小的後鰭浮到了海面。和他母親唱的歌一模一樣，若不是下一陣海浪把他拋回到岸上，他一定會淹死。

之後，他在沙灘中的小池子裡學會如何在水面躺平、如何在划動四肢時讓海浪只比他高一點點並抬起身體，但是他總是會特別留意附近有沒有可能會傷害他的大浪。他在兩週大的時候學會了使用前鰭和後鰭，在這兩週的時間，他不斷在水裡上上下下掙扎，一邊咳嗽和抱怨，一邊爬上沙灘，在沙子上打個盹，然後再次回到水中，直到他終於發現自己是屬於水中的生物。

你一定可以想像，之後他便常常和同伴一起下潛到巨浪之下；或游到長浪頂端，等到高高的海浪打到沙灘上時，他們便跟著嘩啦巨響降落在沙灘上；或模仿大人用尾巴直立起來，再搔搔自己的頭；又或者他們會在剛被浪花打過、溼滑又長滿雜草的岩石上玩「我是城堡裡的國王」，其他小海豹會不斷推擠在高處當「國王」的小海豹，試著把他推下來。他偶爾會看到一片薄薄的魚鰭在岸邊的海水中飄動，就像大鯊魚的魚鰭，他知道那是一抓到年輕海豹就會把他們吃掉的殺人鯨，又稱做虎鯨。科提克一看到那種魚鰭就會像箭矢一樣急速衝上海灘，這時候，那片魚鰭就會慢慢沒入水中，好像原本就沒有打算要尋找任何東西。

十月底，海豹開始以家庭和部族為單位離開聖保羅島，游進更深的海域，再也沒有海豹為了爭奪繁殖地而打架了，霍洛奇吉可以在島上任何地方任意玩樂。

「明年，」瑪塔卡告訴科提克，「你就會成為霍洛奇吉了，但是今年你必須學會如何抓魚。」

他們穿越太平洋，瑪塔卡教科提克如何在睡覺時把前鰭朝下放在身體兩側，讓小鼻子剛剛好露出水面。沒有任何搖籃比得過太平洋輕輕搖晃的悠長潮水。當科提克覺得自己全身的皮膚都開始刺痛時，瑪塔卡告訴他，這是在學習「水的觸感」，那種又刺又痛的感覺代表即將變天，他必須趕快往前游、離開這個地方。

「你很快就知道該游去哪裡了，」她說，「但是現在你可以暫時先跟著鼠海豚，因為他們很聰明。」小科提克看到一群鼠海豚正乘風破浪前進，他立刻用最快的速度跟上去。「你們怎麼知道要去哪裡呢？」他氣喘吁吁的問。這群鼠海豚的領袖翻了個白眼，往海下一沉。「孩子，因為我的尾巴覺得刺刺痛痛的。」他說。「這表示後面有海上風暴。跟過來吧！如果你在黏水（他指的是赤道）南邊時覺得尾巴刺刺痛痛的，就表示面前將會有海上風暴，所以必須往北游。跟過來吧！這裡的海水給我的感覺很糟。」

▲科提克在十八公尺深的海底。

這只是科提克學到的眾多知識中的一個，他無時無刻都在學習。瑪塔卡教導他如何沿著水下的海床跟在鱈魚和比目魚身後，然後在水草中把岩鱈從洞穴中逼出來；如何在水下兩百公尺深的地方繞著沉船游動，再像獵槍子彈一樣追著魚群、衝進這扇舷窗又衝出另一扇舷窗；當無數道閃電劃破天際時，如何在浪尖起舞，並對著順風而下的信天翁與軍艦鳥禮貌的揮動前鰭；當前鰭緊貼在身側並曲起尾巴，像海豚一樣跳出海面一公尺高；他不需要獵捕飛魚，因為他們全身都是骨頭；他可以在十八公尺深的地方用最快的速度咬下鱈魚胸鰭旁的肉；他絕對不可以停下來觀察大小船隻，尤其是划艇。六個月後，科提克已經學會應該學習的海上捕魚知識，這段期間他一次都沒有把前鰭放到乾燥的陸地上過。

然而有一天，當他在胡安佛南德斯島外的溫暖海水中半睡半醒的躺著時，他突然覺得全身充滿了懶洋洋的暈眩感，就像人類在春天即將來臨時的感受，這讓他想起了一萬一千公里外的諾瓦斯托納美好又堅實的海灘，想起了和同伴玩的遊戲、海草的味道、海豹的吼聲和打鬥。他在這一刻馬上掉頭往南穩定的游去，一路上他遇到了一群又一群同類，他們全都朝同一個地方前進，他們說：「你好啊，科提克！我們全都變成霍洛奇吉了，我們可以在盧肯南的浪花間跳火焰之舞，還可以在新長出來的草上玩耍。但是，你從哪裡弄來那身毛皮的呢？」

科提克的毛皮現在幾乎完全雪白，雖然他對此很自豪，但是他只是回答：「快游吧！我的每一根骨頭都因為想念陸地而發痛。」因此，他們全都來到了出生的海灘，聽見成年海豹，也就是他們的父親在霧氣中打架的聲音。

那天晚上，科提克和一歲的海豹一起跳起了火焰之舞。到了夏日晚上，從諾瓦斯托納到盧肯南的海上都是跳著火焰之舞的海豹，每一隻海豹都會在身後留下如同熊熊烈火一般的浪痕，跳躍時激起了如同火花的水花，又將浪潮擊碎成發出閃閃燐光的斑紋與漩渦。接著，他們會前往內陸的霍洛奇吉棲息地，在新長出來的野草上左右滾動，談論這幾個月來在海中做了哪些事。他們談論太平洋時，就像人類男孩談論能夠撿拾堅果的森林，如果有人類聽懂他們說的話，必定可以用這些資訊繪製出前所未有的航海圖。三歲和四歲的霍洛奇吉從赫欽森山上笑笑鬧鬧的爬下來了，他們叫道：「小傢伙，讓路啊！海洋很深，你們還不知道海裡的所有東西。等你們繞過海角才會懂。喂你，你這隻一歲海豹是從哪裡弄來這身白皮毛的？」

「這不是我弄來的，」科提克說，「它長出來就是這個樣子。」就在他打算往那隻發話的海豹撲過去時，兩名長著扁平紅臉的黑髮男子從沙丘後面走了過來，科提克從來沒有見過人類，他咳嗽起來、低下了頭。霍洛奇吉匆匆往另一個方向前進幾碼，接著就愣愣的坐在原地盯著人類看。這兩名男人不是別人，正是這座島上的海豹獵人首領凱利可和他的兒子帕塔拉蒙。他們從距離海豹繁殖地約一公里的小村莊來到這裡，正決定要把哪些海豹趕到屠宰場去（因為海豹就像綿羊一樣容易驅趕），他們之後要把這些海豹做成海豹皮外套。

「哇！」帕塔拉蒙說。「快看！那裡有隻白海豹！」

凱利可被煙熏得黑漆漆又油膩膩的臉立刻轉為慘白，他的臉之所以這麼髒是因為他是阿留申人，他們並不是特別愛乾淨的族群。接著，他開始喃喃自語的禱告起來。「帕塔拉蒙，別碰他。自從——自從我出生以來就從來沒有見過白色海豹。他或許是札哈洛夫的鬼魂。他去年在大風暴中消失了。」

「我不會靠近他的。」帕塔拉蒙說。「他看起來充滿詛咒。你真的覺得他是老札哈洛夫嗎？我還欠他一些海鷗蛋。」

「別看他。」凱利可說。「去趕那些四歲的海豹。海豹工人今天應該要剝兩百張海豹皮，但是海豹季節才剛開始，他們又都是新手，一百隻海豹應該就夠了。動作快！」

帕塔拉蒙在一群霍洛奇吉面前敲擊一對海豹肩骨，他們立刻停下所有動作，只能不斷喘氣。接著他往前走了幾步，海豹們開始移動，凱利可把他們趕往內陸，而海豹完全沒有試圖掉頭回到同伴身邊。數萬隻海豹都看見這兩個人把同伴驅趕離開，但是他們毫不在意的繼續玩樂。科提克是唯一一隻提出問題的海豹，但是他的同伴什麼都不知道，只聽說人類每年都會花六週到兩個月的時間把海豹驅趕到內陸。

「我要跟著他們。」他說。他就這麼尾隨在那群海豹身後，把眼睛睜得好大。

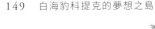

「那隻白海豹跟在我們後面。」帕塔拉蒙高喊。「這是第一次有海豹自己跑到屠宰場。」

「噓！不要回頭看。」凱利可說。「那真的是札哈洛夫的鬼魂！我一定要把這件事告訴祭司。」

距離屠宰場只有約一公里路，但是他們卻花了整整一個小時，因為凱利可知道，如果海豹前進得太快，他們的體溫會過高，等到剝皮時，海豹皮就會一塊一塊掉下來。因此，他們前進的速度很慢，穿越了海獅峽、穿越了韋伯斯特屋，直到抵達位在海邊、海豹看不見的鹽屋才停下來。科提克跟在後面，一邊大口喘氣一邊思考。他覺得自己來到了世界的盡頭，但是來自繁殖地的海豹叫聲不斷從他背後傳來，聽起來就像火車進隧道時那麼大聲。這時，凱利可在一片青苔上坐了下來，拿出一個沉甸甸的錫製懷錶，讓海豹休息三十分鐘、降低體溫，科提克能聽見霧氣造成的露珠從獵人的帽簷滴下來。三十分鐘後，十多個男人走了過來，每個人都拿著一個約一公尺長的鐵棒，凱利可在海豹當中指出一、兩頭被同伴咬過或體溫太高的海豹，男人便踩著用海象喉嚨製成的沉重靴子，把這些海豹踢到一旁，然後凱利可說：「動手！」男人便開始快速用鐵棒擊打海豹的頭。

過了十分鐘後，小科提克再也認不出他的朋友了，因為他們從鼻子到後鰭的皮膚都被剝掉了——這些剝下來的海豹皮被丟到一旁的地上、堆疊起來。

科提克再也看不下去了。他掉頭飛奔回海邊（海豹可以用流暢的動作飛奔一小段時間），新長出來的鬍鬚因為恐懼全都豎了起來。到了海獅峽時，他見到巨大的海獅都坐在海浪邊緣，便飛也似的一頭栽進了冰涼的海水中，一邊隨著海水搖晃，一邊悲慘的喘氣。

「怎麼回事？」一隻海獅粗聲問，因為海獅的法則是只和同類共處。

「思克奇尼，歐全思克奇尼！」（我好孤單，非常孤單！）「他們止在殺害海灘上的所有霍洛奇吉！」

海獅轉頭看向岸邊。「胡說。」他說。「你的朋友現在發出的吵鬧聲前所未有的大。你想必是看到凱利可把一群海豹剝皮了吧，他已經這麼做三十年了。」

「太恐怖了。」科提克說，一個大浪打得他左搖右晃，於是他滑動前鰭穩住自己，在距離崎嶇岩石八公分左右的位置從海中直立起來。

「以一歲的海豹來說，你的技術不錯！」海獅說，他向來樂於欣賞出色的游泳技巧。「從你的角度來看，這件事的確很嚇人，但是如果你們這些海豹就是要年復一年的跑到這裡來，那麼人類當然會知道這件事呀。除非你能找到一座從來沒有人類去過的島嶼，否則你們必定會被人類趕去剝皮的。」

「有這種島嶼嗎？」科提克問。

「我跟隨波圖司（比目魚）在海中游了十二年了，但是我沒有找到過這樣的島。但是聽好了——我看你好像很喜歡找比你厲害的種族聊天，或許你可以去海象島找席維區聊聊，他可能會知道一些有用的事。你不該立刻衝過去，小傢伙，你要游十公里才能到海象島，如果我是你，會先爬上岸睡一覺。」

科提克覺得這是個很棒的提議，於是他游回了自己的海灘、爬上岸、睡了半個小時，一邊睡一邊像典型海豹一樣全身上下不斷抽動。接著，他直接前往石塊嶙峋的海象島。海象島的位置幾乎是諾瓦斯托納的正東北方，到處都是平坦的岩塊和海鷗的窩，海象都聚集在那裡。

他挑了一個靠近席維區的位置上岸。席維區通常都住在北大西洋，他的體型巨大臃腫、外表醜陋、身上有許多小突起、脖子肥厚，還有一對長長的牙齒，只有睡覺的時候才顯得有點禮貌——科提克上岸時，海象正在睡覺，他的後鰭有一半都泡

▲所有海象都醒了，他們看向四面八方，就是沒有看向科提克。

在海水中。

「起床！」科提克大吼，因為海鷗的聲音非常吵雜。

「哈！嚯！呼喔！怎麼回事？」席維區一邊說，一邊晃動長牙，打中了旁邊的海象把他也吵醒了，那隻海象又吵醒了旁邊另一隻海象，就這麼一隻吵醒一隻，所有海象都醒了，他們看向四面八方，就是沒有看向科提克。

「嗨！是我。」科提克說，他在水面上下飄動，看起來像一隻小小的白色海蛞蝓。

「唉呀！嚇得我——差點連皮都被剝掉了！」席維區

說，他們全都看著科提克，就像一大群昏昏欲睡的老紳士看著一個小男孩。在這種時候，科提克一點也不想聽到任何和剝皮有關的話，他已經看夠了，因此他大聲問：「有沒有海豹可以到達，但人類永遠都不會去的地方？」

「你自己去找找看啊。」席維區一邊說著，一邊闔上眼睛。「你可以走了。我們現在很忙。」

科提克像海豚一樣從水面跳到空中，用最大的音量吼叫：「吃蛤蜊的傢伙！吃蛤蜊的傢伙！」他知道席維區這輩子從沒自己抓過魚，總是在附近吃蛤蜊和海草，不過席維區總是假裝自己是個嚇人的傢伙。北極鷗曲奇、三趾海鷗古弗魯和海雀艾帕特最喜歡做出沒禮貌的舉動了，他們立刻抓住這個機會，跟著大叫起來——根據利莫辛的說辭，他們叫了將近五分鐘，就算這時候有人在海象島上開槍，你也聽不見。所有禽鳥都在尖叫：「吃蛤蜊的傢伙！史塔力克（老頭）！」這讓席維區不斷左右滾動，一面呻吟一面咳嗽。

「現在你願意說了嗎？」科提克氣喘吁吁的說。

「去問海牛。」席維區說。「如果他們還活著，就能告訴你答案。」

「我見到海牛時，要怎麼知道他們是海牛呢？」科提克一邊划水離開一邊問。

「他們是大海裡唯一一種比席維區還要醜的生物。」北極鷗在席維區的鼻子底下一邊轉圈一邊尖叫。「更醜，而且沒有禮貌！史塔力克！」

科提克留下還在繼續尖叫的海鷗，游回諾瓦斯托納。他發現那裡沒有海豹和他一樣，願意為海豹一族找一個寧靜的居住地。他們告訴科提克，人類總是會把霍洛奇吉驅趕到內陸，這是日常生活的一部分，如果他不喜歡見到醜惡的事物，當初就不該去屠宰場。但是沒有海豹和科提克一樣見過屠殺的場面，因此他們都和科提克不一樣；此外還有另一個不一樣的地方是——科提克是隻白色海豹。

「你現在應該要好好長大才對，」老希凱奇聽了兒子的冒險後說，「變成像爸爸一樣的大海豹，在海灘找一塊繁殖地，這麼一來人類就不會煩你了。再過五年你就可以為自己的繁殖地而戰了。」

就連溫柔的海豹媽媽瑪塔卡都告訴他：「你永遠也沒辦法阻止人類屠殺。去海裡玩吧，科提克。」科提克跳進海裡跳起了火焰之舞，但是他小小的心臟卻異常沉重。

那年秋天，他是第一批離開海灘的海豹，他獨自啟程，用圓滾滾的腦袋瓜回想著一件事——他要去找海牛，當然前提是如果海裡真的有這種族群，然後他要找到一個安靜的島嶼，人類找不到那裡，上面要有適合海豹居住的堅實好沙灘。因此他獨自從北太平洋探索到南太平洋，一天一夜就能游將近五百公里。他遇到的冒險多到說不完，差點被象鯊、星貂鯊和雙髻鯊抓住；認識了在深海中來回飄蕩又不值得信賴的惡棍、認識了彬彬有禮的魚，還認識了身上有猩紅斑點、停在同一個地點一百年並引以為傲的扇貝；但是他從來沒有遇見海牛，也從來沒有找到任何適合的島嶼。

如果他找到的島嶼有一片堅實的好海灘，後面還有適合海豹玩耍的陡坡，他總是會看到地平線上有捕鯨船的煙和被燃燒過的鯨魚脂肪，科提克很清楚這些事物背後的含意。有時候，他找到的是曾有海豹造訪也曾有海豹被殺的島嶼，科提克便知道這是人類來過的島嶼，他們一定會再次出現。

他曾和一隻尾巴粗壯的老信天翁聊天，他告訴科提克可以去凱爾蓋朗島，那裡是最平和安靜的地方，但是當科提克來到那座島時，他遇到了一場雷電交加的暴風雪，差點就被海浪沖到可怕的黑色峭壁上撞成一團碎肉。他好不容易迎著強風登到島上時，他能看得出來這裡也曾是海豹的繁殖地，許許多多他曾造訪的島嶼都是如此。

利莫辛跟我說了好長一串島嶼的名字，他說科提克花了五個春夏秋冬四處探索，每年他會在諾瓦斯托納休息四個月，那裡的霍洛奇吉總是取笑他和他夢想中的島嶼。他前往位於赤道的加拉巴哥群島，那裡乾燥得不得了，差點就把他烤成了海豹乾；他去過喬治亞群島、奧克尼群島、翡翠島、小夜鶯島、哥夫島、布威島、克羅塞群島，甚至還去了好望角南邊一個小得不得了的島。但是世界各地的海之子民說的話都一樣。海豹曾經上過那些島，但是人類把他們全都殺光了。他甚至游了數千公里到太平洋之外，到了一個叫做柯倫提斯角的地方（當時他剛離開哥夫島），他在那裡找到數百隻有皮膚病的海豹，他們告訴他，人也會到這裡來。

科提克的心幾乎碎了，之後他繞過海角往屬於自己的海灘游去。他在往北的路上停在一座長滿綠樹的島上，他在那裡遇到了一隻很老、很老的海豹，那隻海豹已經快死了，科提克幫他抓了魚，把這些傷心事說給他聽。

「就這樣，」科提克說，「我現在要回去諾瓦斯托納了，就算要我和霍洛奇吉一起被驅趕到屠宰場，我也不在意了。」

老海豹說：「再試一次吧。我來自馬薩弗拉的失落之地，我是那裡的最後一隻海豹了，過去人類在那裡殺掉成千上萬隻海豹時，海灘上曾有一個傳說，說未來將會有一隻來自北方的白色海豹，領導所有海豹族前往寧靜之地。我已經老了，沒辦法活到那一天到來，但是其他海豹還有機會。再試一次吧。」

科提克捲起鬍鬚（他的鬍鬚美極了）說：「我就是全世界唯一一隻在海灘上誕生的白色海豹，但是無論我是黑海豹還是白海豹，我都是唯一想過要尋找新島嶼的海豹。」

這個傳說讓他心情振奮。那年夏天回到諾瓦斯托納時，媽媽瑪塔卡懇求他找個對象結婚、安定下來，因為他已經不再是霍洛奇吉了，他已經是成熟的海豹了，捲曲的白鬍鬚落在肩膀上，他和爸爸一樣沉重、龐大又凶猛。

「再給我一個四季，」他說，「媽媽，妳要記得，永遠是第七波海浪能在沙灘上沖得最遠。」

奇妙的是，島上還有另一隻海豹也覺得她可以把結婚時間延後一年，於是科提克出發前往下一次探險的前一晚，和這隻海豹一路跳著火焰之舞到盧肯南海灘。

這次他往西游，因為他遇到了一大群比目魚，而他每天至少需要吃四十五公斤重的魚才能保持良好的身體狀態。他追捕比目魚群直到疲憊不堪為止，接著他蜷曲起身體，在朝向庫柏島、漲潮的海浪中陷入沉睡。他熟知這片海岸，因此到了半夜，他感覺自己撞上了一片海草床時只是說：「嗯，今晚的潮水很強呢。」然後他在水下轉過身，慢慢睜開眼睛並伸展身體。接著，他像貓一樣跳了起來，因為他看到許多巨大的身影正用鼻子輕拱淺灘的海床，吃著茂盛的海草。

「麥哲倫的巨浪啊！」他在鬍鬚之下喃喃自語。「我的老海洋啊，這些是什麼生物？」

他們不是科提克過去看過的任何一種海象、海獅、海豹、熊、鯨魚、鯊魚、魚、魷魚或扇貝。他們大概有六到九公尺長，沒有後鰭，但有一片像鏟子的尾巴，看起來像用溼皮革削出來的。他們的頭絕對是你這輩子看過最蠢的東西，他們在深海中不吃海草時，會用尾巴末端著地以保持平衡，對彼此嚴肅的敬禮，同時還會揮舞著前鰭，就像肥胖男人揮舞手臂一樣。

「咳咳！」科提克說。「紳士們，你們好啊？」龐然大物的回應是繼續不斷敬禮並揮舞前鰭，就像《愛麗絲夢遊仙境》中紅心女王的青蛙男僕。他們再次開始進食時，科提克注意到他們的上嘴脣能往左右兩邊張開三十公分左右，接著再往內縮，把嘴脣之間的大量海草聚集在一起。他們會把海草塞進嘴中莊嚴的咀嚼。

「這種吃法還真是亂七八糟。」科提克說。他們再次行禮，科提克有點生氣了。「很好。」他說。「就算你們的前鰭多了一個關節，也不需要用這種方式展示給我看。我很清楚你們能優雅鞠躬了，但是我想知道你們的名字。」他們不斷開闔嘴脣，用青草一樣綠的眼睛看著科提克，但是他們沒有說話。

「好極了！」科提克說，「你們是我遇過的生物中，唯一比席維區更醜的種族了——而且還比他更沒禮貌。」

接著，他突然回憶起一歲那年前往海象島時，北極鷗對他尖聲大叫的話，他在

▲科提克開始用他在旅途中學會的每一種語言向海牛提問。

水中向後翻滾了一圈，因為他知道，他終於找到海牛了。

海牛繼續笨拙的一邊前進、一邊進食，咀嚼著海草，科提克則開始用他在旅途中學會的每一種語言提問，海中生物的語言種類幾乎就和人類的語言一樣多。但是海牛沒有回答，因為海牛不能說話。他們的脖子裡本該有七塊骨頭的地方只有六塊骨頭，許多生物都說，在海中擁有這樣的構造是沒辦法和同伴說話的。但是正如你所知道的，海牛的前肢多了一個關節，他們可以靠著上下擺動前肢回答問題，就像比較笨拙的摩斯密碼。

天亮時，科提克的鬃毛全都豎了起來，他的好脾氣也快要墜落到螃蟹死亡之地了。這時候，海牛開始緩慢向北方游動，每隔一陣子就停下來進行荒謬的鞠躬會議，而科提克則跟著他們，他告訴自己：「像海牛這麼笨的種族應該老早就被殺光了，除非他們找到了某個安全的島嶼，而且適合海牛的好島嶼也會是適合海豹的好島嶼。但是無論如何，我只希望他們動作能快點。」

這段旅程使科提克非常疲憊。他們每天前進的距離不會超過八十公里，到了晚上就停下來進食，從來不會離岸邊太遠。科提克試著繞著他們上下左右轉圈圈，但是他根本趕不動他們，連催促他們多走一公里路都沒辦法。到了更北的地帶時，他們開始每隔幾個小時就舉行一次鞠躬會議，科提克不耐煩到差點就把自己的鬍鬚吃掉了，等到他發現海牛正沿著一道溫暖的海流走時，他又更敬佩他們了。

一天晚上，他們往閃閃發亮的水底下沉，就像石頭一樣。這是科提克遇到海牛之後，他們第一次快速游泳。科提克跟在後面，對他們的速度感到驚訝，因為他作夢也沒有想到海牛是這麼厲害的游泳健將。他們往岸邊一座懸崖前進，那座懸崖矗立在很深的海底，距離海面三十六公尺深的底部有一個黑漆漆的洞。他們游了很久、很久，久到科提克非常需要新鮮空氣的時候，才終於領著他從黑暗的隧道中游出來。

「我的老海洋啊！」在進入隧道另一邊的開闊海域，並大口喘著氣浮上水面時，他說。「這趟潛水可真久，但是完全值得。」

海牛已經四散開來了，正在科提克這輩子見過最棒的海灘邊緣懶洋洋的吃著草。海岸上有綿延好幾公里的岩塊，全都被海浪磨得光滑平坦，正好適合當作海豹繁殖地，島上還有適合當作遊樂場的堅實沙地，後面的一片陡坡之後就是內陸，這裡有適合海豹跳舞的浪潮，有能讓他們打滾的長草，還有適合上下爬動的沙丘，最棒的是，科提克可以從海水帶給他的感覺得知，這裡從來沒有人類來過。

他做的第一件事是確認這裡的漁獲量夠好，接著他沿著海灘游了一圈，細數在這陣不斷翻滾的美麗霧氣中藏了多少片可愛的低沙地。海水北方有一整排海底礁石、沙洲和岩塊，任何船隻再怎麼往島嶼前進，都只能到達距離海岸約十公里之外的位置。幾座小島和主要的陸塊之間是一條非常深的海溝，海溝旁是垂直的懸崖，而懸崖下方的某一處就是隧道的入口。

「這裡就像諾瓦斯托納，不過好上十倍。」科提克說。「海牛一定比我想像得更有智慧。就算真的有人類來到這裡，也不可能從懸崖爬下來，面向海的那一側沙洲會讓船翻覆碎裂。如果全世界有一個真正安全的海洋，那一定就是這裡了。」

他想起了被他拋下的那隻母海豹，但是，雖然他急著趕回諾瓦斯托納，他還是先徹底探索了這個新島嶼，如此一來，之後才能回答其他海豹提出的所有問題。

接著，他潛到水中確認好隧道的位置，便加速往南游去。除了海牛和海豹，絕對不會有任何生物想得到有這種地方，科提克回頭看向懸崖時，幾乎不敢相信他曾穿越那座懸崖的底端。

他游泳的速度很快，不過還是花了六天才回到家。他從海獅峽旁邊上岸時，首先遇到的就是一直等著他的那隻母海豹，她看向科提克的眼睛時就知道，他終於找到他的島了。

但是當科提克說出自己的發現時，霍洛奇吉、他的父親希凱奇和所有海豹都嘲笑他，一隻和他年齡相近的年輕海豹說：「科提克，你說的島很棒，但是你不能就這麼突然冒出來，開始命令我們該怎麼做。你要記得，我們一直在這裡為繁殖地打架，這是你從沒做過的事。你大概比較喜歡在海裡偷偷游泳。」

這段話讓其他海豹哈哈大笑，那隻年輕海豹開始左右搖動頭部。他今年剛結婚，一直在誇耀這件事。

「我不是為了爭奪繁殖地而來。」科提克說。「我只想讓你們知道，有一個可以讓你們活得很安全的地方。打架有什麼用呢？」

「喔，如果你害怕了，那我當然就沒有什麼好說的。」那隻年輕海豹一邊說，一邊發出難聽的笑聲。

「如果我贏了，你願意跟我過去嗎？」科提克說。他的眼睛開始閃爍綠光，對於自己終究必須打一架而感到憤怒。

「沒問題。」那隻年輕海豹漫不經心的說。「如果你真的贏了，我就跟你過去。」

他沒有時間後悔，因為科提克已經飛速伸出頭顱，讓牙齒陷進那隻年輕海豹頸部的脂肪裡。接著他以腰部為支撐點往後甩動，把敵人摔到沙灘上，猛力搖晃直到他倒地為止。然後科提克對其他海豹怒吼：「我在過去五個春夏秋冬為你們盡了最大努力。我發現能讓你們安全生活的島嶼，但是除非我把你們的頭從愚蠢的脖子上扯下來，否則你們是不會相信我的。我現在要好好替你們上一課。小心了！」

利莫辛告訴我，他這輩子——利莫辛可是每年都會看見一萬次海豹打架的鳥——從來沒有看過任何生物能像科提克那樣衝進繁殖地。他飛身撲向他能找到的最大海豹，咬住他的喉嚨讓他無法呼吸，衝撞他、擊打他，直到他含糊不清的求饒為止，他會把這隻海豹甩到一邊，接著攻擊下一隻海豹。你要知道，科提克不像這些大海豹，每年都要在繁殖地禁食四個月，在深海中四處游泳讓他一直保持著完美的身體狀態，最重要的是，他過去從來沒有打過架。他憤怒的豎起捲曲的白鬍鬚，眼中燃燒著怒火，俊美得讓所有海豹無法直視。

他的父親老希凱奇看到他一路打敗了許多海豹，一隻又一隻灰白色的成年海豹就像比目魚一樣被拖到一旁，驚擾了四面八方的年輕單身漢。希凱奇嚎叫了一聲，怒吼：「他或許是個傻瓜，但是他也是這片海灘上最會打架的海豹。我的兒子啊，別攻擊你的父親！我要和你併肩戰鬥！」

科提克大吼一聲作為回應，老希凱奇搖搖擺擺的過來了，他的鬍鬚像是引擎一樣不斷抖動，而瑪塔卡和那隻即將和科提克結婚的母海豹都畏縮的壓低身子，欣賞她們男人的英姿。這是一場壯烈的打鬥，兩隻海豹一直打到再也沒有海豹膽敢抬起頭。他們一邊怒吼，一邊肩併肩的以莊嚴的姿態在海灘上來回巡視。

到了晚上，北極光開始透過濃霧綻放明滅閃爍的光芒，這時候科提克爬到一塊岩石上，往下看著四散在繁殖地各處、全身是傷、血流如注的海豹。「好了，」他說，「我已經替你們好好上一課了。」

「我的老海洋！」老希凱奇動作僵硬的直立起身子，他受了很嚴重的傷。「就連殺人鯨也不可能把他們傷得更重了。兒子，我以你為榮，更重要的是，我會跟你一起去你的島——如果那座島真的存在的話。」

「聽好了，你們這群海中的肥豬！誰要跟我一起去海牛的隧道？回答，否則我就替你們再上一課。」科提克高聲吼道。

回應他的是一陣模糊低語，就像打在海灘上的細碎浪花聲。「我們跟你去。」數千個疲憊的聲音回答。「我們會跟隨白海豹科提克。」

科提克把頭縮進肩膀之間，驕傲的閉上眼睛。他現在不是白海豹了，他從頭到腳都是紅色的。無論他是不是紅色的，他都不屑去檢視或碰觸自己身上的任何一道傷口。

一週後，他率領著大軍（將近一萬隻霍洛奇吉和成年海豹）抵達了北方的海牛隧道，這時候，那些留在諾瓦斯托納的海豹都說這些離開的海豹是蠢蛋。但是隔年春天，等他們全都在太平洋的捕魚場相遇時，科提克的海豹全都大肆讚美起海牛隧道後方的新海灘，也因此，有愈來愈多海豹離開了諾瓦斯托納。

海豹當然不可能馬上都去新海灘，因為海豹需要很長的時間才能改變心中的想法，但是每一年，都有更多海豹從諾瓦斯托納、盧肯南和其他繁殖地離開，前往安靜又有懸崖庇護的新海灘，而科提克每年都花整個夏天坐在那裡，變得更龐大、更肥胖、更健壯，霍洛奇吉紛紛在他身邊玩耍，他們全都生活在那片沒有人類的海洋中。

〈盧肯南〉（這是每到了夏天，要回到聖保羅島沙灘的所有海豹都會唱的一首偉大深海之歌，這是一首很悲傷的海豹族歌）

我在早晨遇到眾多同伴（喔，但我已老去），
吼叫傳遍夏日巨浪拍打的礁岩；
我聽到他們大聲合唱，蓋過了浪潮的歌曲——
盧肯南的海灘——引吭高歌的海豹多達兩百萬！

在鹽水潟湖旁的歡樂駐紮歌曲，
沿著沙丘而下的暴風艦隊歌曲，
將海水攪動成火焰的夜半舞動歌曲——
盧肯南的海灘——在海豹獵人到來之前！

我在早晨遇到眾多同伴（我再也遇不到同伴）；
他們成群結隊來去，全海岸都變得灰暗。
在聲音所及的遠海，只有泡沫點綴海面，

我們在那裡舉辦登陸的宴會，唱著歌登上海灘。
盧肯南的海灘——冬小麥抽高伸展——
潮溼起皺的苔蘚，讓海豹溼透的海霧！
作為遊樂場的平台，全都打磨得光滑平坦！
盧肯南的海灘——是我們誕生的家園！

我在早晨遇到眾多同伴，他們稀少又分散。
人類在水中射殺我們，在岸上打死我們；
人類把我們趕到鹽屋，彷彿我們跟綿羊一樣溫順愚蠢，
我們還是唱著盧肯南——在海豹獵人到來之前。

轉向，轉向前往南方；喔，海鷗古弗魯，快啟程！
告訴深海總督，我們的故事如此悲慘；
在此之前，空空洞洞，就像鯊魚卵被大浪沖上岸，
再也認不得自己後代的盧肯南海灘！

5

蛇獴利奇與眼鏡蛇的大戰

〈利奇－帝哄－塔維〉

在他鑽進去的洞裡，
紅眼睛在呼喚皺皮。
聽聽紅眼睛的話語：
「納格，上來和死亡共舞一曲！」

頭顱對頭顱，眼睛對眼睛（保持界線，納格），
直至一方死亡才消停（如你所望，納格）；
因掉頭而掉頭，因迴轉而迴轉（你快跑、快躲吧，納格）——
哈！死亡之吻落空啦（你大禍臨頭啦，納格）！

這是利奇在瑟高理軍營的大平房中的廁所，單槍匹馬展開一場大戰的故事。縫葉鶯達紀以及總是在牆角躡手躡腳打轉，又從不走到房間中央的麝鼠啾啾卓都給了他一些建議，但是真正戰鬥的只有利奇。

他是一隻蛇獴，皮毛和尾巴長得像貓，但是頭顱形狀和習性相當像黃鼠狼。他的眼睛還有總是嗅個不停的鼻子是粉色的，他可以隨心所欲的選擇用前腳還是後腳幫身上的任何一個部位搔癢。他可以膨起尾巴的毛，讓尾巴變得像奶瓶刷一樣，當他為了戰鬥飛速跑過高高的草叢時，他會大聲發出戰嚎：「利奇、帝哄、帝哄、帝哄、提克！」

有一天，盛夏的洪水把他從與父母同住的洞穴中沖刷出來，把不斷踢動四肢又咯咯亂叫的利奇沖進了路邊的凹溝裡。他找到了飄在凹溝中的一小簇草，便牢牢抓住，直到他失去了意識。他甦醒過來時，正躺在花園道路的正中央，炙熱的陽光照在溼淋淋的身上，這時候一名小男孩說：「這裡有一隻死掉的蛇獴。我們幫他舉辦葬禮吧。」

「不，」他媽媽說，「我們先把他帶進屋裡擦乾，說不定他還沒有死。」

他們把他帶進房子裡，一個高大的男人伸手把他抓起來，男人說他沒有死，只是嗆到水了。因此他們便把他放在一團棉花中，讓他保持溫暖，接著他張開眼睛，打了一個噴嚏。

「好了，」高大的男人說（他是一個剛搬進軍營的英國人），「不要嚇到他，我們可以看看他想做什麼。」

要嚇到蛇獴可以說是全天下最困難的一件事了，因為他從鼻子尖端到尾巴末端都充滿了好奇心。蛇獴一家的格言就是：「奔跑並找出答案。」而利奇是一隻道道地地的蛇獴。他看了看棉花，判斷這應該不好吃，於是開始繞著桌子跑、坐下來整理毛皮、搔了搔癢，又跳到小男孩的肩膀上。

▲利奇爬到了小男孩的肩膀上。

「泰迪，別害怕。」他爸爸說。「這是他們交朋友的方式。」

「噢！他弄得我下巴好癢。」泰迪說。

利奇低頭看向男孩的衣領和脖子，嗅了嗅他的耳朵，然後往下爬到地板上，接著坐下來摩擦自己的鼻子。

▲利奇把自己的鼻子塞進了墨水罐中。

「老天啊，」泰迪的媽媽說，「野生動物竟然這麼親近我們！我想他一定是因為我們對他很親切，所以才這麼溫馴。」

「蛇獴都是這樣。」她丈夫說。「只要泰迪沒有抓他的尾巴，或是試圖把他關進籠子，他就會整天像這樣在屋子裡跑進跑出。我們找點東西給他吃吧。」

他們給了他一小塊生肉。利奇非常喜歡吃生肉，他吃完之後往外跑到陽台，坐在陽光下把毛全都膨了起來，把每一根毛都晒乾才覺得好多了。

「這間房子還有很多東西值得我探索，」他自言自語，「比我們全家窮盡一生見到的東西還要多。我應該要留在這裡一探究竟。」

那一整天，他都在房子裡四處遊蕩，差點害自己淹死在浴缸裡，還把鼻子塞進

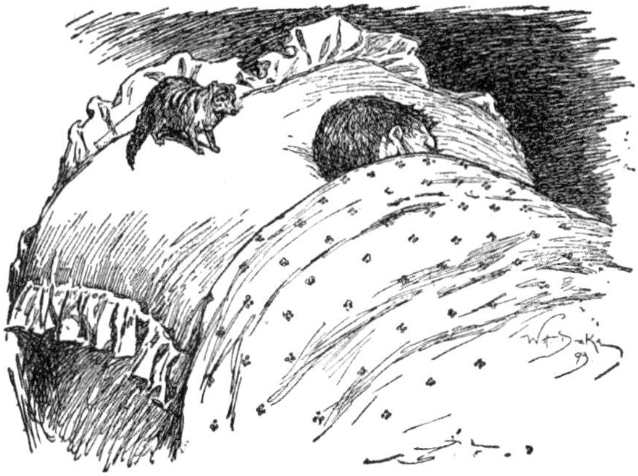

▲利奇還清醒的躺在枕頭上。

寫字桌上的墨水罐中，又為了爬到高大男人的腿上看他在寫什麼，不小心被男人的雪茄燙到了鼻子。到了傍晚，他跑進泰迪的幼兒房，觀察他們如何點燃煤油燈，接著又在泰迪上床時跟著爬上去。但是他一刻也靜不下來，晚上只要出現任何聲音，都要爬起來仔細傾聽，弄清楚那個聲音到底是什麼東西發出來的。泰迪的媽媽和爸爸在睡前走進來看看孩子，這時利奇還清醒的躺在枕頭上。

「我不喜歡這樣，」泰迪的媽媽說，「他可能會咬我們的孩子。」

「他不會做這種事。」爸爸說。「對泰迪來說，有這隻小野獸的陪伴比有尋血獵犬還要安全。如果有蛇爬進屋裡——」

但是泰迪的媽媽連想都不願意想這麼

▲利奇站在泰迪的肩膀上到陽台吃早餐。

可怕的事情。

利奇大清早就站在泰迪的肩膀上到陽台吃早餐，他們給他香蕉和一些水煮蛋。利奇一個接著一個坐到他們三個人的腿上，因為有良好教養的蛇獴都希望某一天自己能被人類家庭飼養、有許多房間能奔跑。利奇的媽媽（她曾在軍營的將軍宅邸住過）曾仔細告訴過利奇，遇到白人時該怎麼做。

利奇吃完早餐後跑進花園，看看那裡有什麼值得觀察的事物。這座花園很大，只有一半被打理過，裡面有和夏日小屋一樣大的樹叢、馬歇尼爾玫瑰、萊姆樹、橘子樹、竹林和又密又高的雜草。利奇舔了舔嘴唇，說：「這是個非常棒的狩獵場。」這個想法讓他的尾巴像奶瓶刷一樣膨了起來，他在花園裡四處亂跑，這裡聞聞、那裡嗅嗅，直到他聽見荊棘樹叢裡傳來悲傷的哭聲。

正在哭泣的是縫葉鶯達紀和他的妻子。他們前陣子製作了一個很美麗的鳥巢，

▲達紀說：「我們真的好慘啊。」

他們先把兩片好大的葉子拉近，用纖維把葉子邊緣編織在一起，再用棉花與棉絮把孔洞填補起來。現在他們正坐在巢的邊緣哭泣，使得鳥巢不斷前後搖晃。

「發生什麼事了？」利奇問。

「我們真的好慘啊。」達紀說。「昨天我們的一隻寶寶從鳥巢裡掉出去，被納格吃掉了。」

「嗯！」利奇說。「的確很令人難過，但我才剛來到這個地方。納格是誰？」

達紀和妻子沒有回答，畏縮的躲進了鳥巢，因為從樹叢底下的茂密雜草中傳出了一陣輕柔的嘶嘶聲——這陣恐怖又冰冷的聲音讓利奇往後跳了兩大步。接著，從雜草裡一點接著一點露出了納格的頭，以及他往左右膨脹開來的扁平脖子，納格是一隻黑眼鏡蛇，從舌頭到尾巴共有一．五公尺長。他從地面直立起自己前三分之一長的身體，不斷前後晃動保持著平衡，看起來和風中的蒲公英一模一樣，他用那雙沒有情緒，也沒有生物能看出他在想什麼的邪惡蛇眼盯著利奇。

「納格是誰？」他說。「納格就是我。在偉大的天神梵天要入睡前，世上第一隻眼鏡蛇膨脹起他的脖子替梵天遮擋太陽，於是梵天把他的印記放在我們一族的每隻蛇身上。看仔細了，害怕吧！」

他把自己的脖子膨脹張開到前所未有的寬度，利奇看到藏在蛇脖子上的印記，就像衣服群鉤的鉤眼。有那麼一分鐘，他覺得很害怕，但是蛇獴這種生物不可能維持害怕的情緒太久。而且，雖然利奇沒有見過活生生的眼鏡蛇，但是他媽媽曾帶死去的眼鏡蛇回來讓他吃過，此外，他也知道成年蛇獴活在世上的目標就是和蛇戰鬥，並把蛇吃掉。納格也很清楚這一點，在他冰冷的心底深處，他才是真正害怕的那一個。

「好啦，」利奇說，他的尾巴逐漸膨鬆，「不管有沒有印記，你難道覺得雛鳥從鳥巢掉下來之後，把他吃掉是對的嗎？」

納格心裡正打著小算盤，他看著利奇背後那片雜草的微小動靜。他知道花園裡出現蛇獴就代表自己和家人遲早有一天會死，他想要趁著利奇毫無防備時拿下他。因此他把頭放低了一點點，轉向另一邊。

「我們可以談談這件事。」他說。「你吃蛋，為什麼我就不能吃鳥？」

「你後面！快看你後面！」達紀嗚唱。

利奇很清楚自己不應該浪費時間回頭去看。他往空中跳到最高的高度，同時納格的妻子納格娜的頭從他身下飛竄而過。她在蛇獴說話時偷偷摸摸爬到他身後，想要結束他的性命，而蛇獴躲過了這一擊時，聽見了納格娜野蠻的嘶嘶聲。他落地時差一點就要降落在納格娜的背上，如果他是一隻老練的蛇獴，就會知道這就是一口咬斷蛇背的最佳時機，但是他有點害怕眼鏡蛇會回過頭來給他可怕的一擊。他的確張口咬了，但是咬得不夠久，接著便從納格娜不斷擺動的尾巴上遠遠跳開了，留下受了傷又怒氣衝衝的眼鏡蛇。

「可惡的達紀，可惡！」納格說，他高高支起身體，想要觸及荊棘樹叢上的鳥巢。但是達紀一開始就把鳥巢建在蛇碰不到的地方，所以鳥巢只是前後搖晃，一點事也沒有。

利奇覺得他的眼睛變得又紅又熱（蛇獴的眼睛變紅代表他生氣了），他往後靠著尾

▲利奇跳了起來，
差一點降落在納格娜的背上。

巴和後腿坐起來，就像袋鼠一樣，接著他環顧四周，怒火衝天的發出細碎的叫聲。但是納格和納格娜已經消失在雜草裡了。蛇在攻擊失敗後，絕不會留下來說話或者留下任何跡象讓你知道他下次要做什麼。利奇不打算追上去，因為他不確定自己有沒有辦法一次打贏兩隻蛇。所以，他小步跑到房子旁的小石子路上坐下來並開始思考。對他來說，這是一件很嚴重的事情。

如果你曾經讀過自然

歷史相關的老舊書籍，你會發現有些書描述蛇獴在和蛇打架並被咬了之後，會跑去吃一些神奇草藥治療自己。但是事實並非如此。勝利與否的重點在於眼睛與四肢的速度——蛇的攻擊和蛇獴的跳躍——而沒有任何眼睛能跟得上蛇頭攻擊時的速度，所以速度遠比任何魔法草藥重要得多。利奇知道自己是隻年輕的蛇獴，他回想剛剛成功躲掉來自後方的猛衝攻擊，愈想愈開心。他對自己充滿信心，在泰迪沿著小石子路跑過來時，立刻準備好讓泰迪好好拍拍他。

但是就在泰迪彎下腰時，旁邊的一小塊沙土震動了一下，一個細小的聲音說：「小心啊。我是死神！」說話的是滿身沙土的年輕棕蛇卡萊特，他是自己鑽進沙土之中躲起來的，被他咬到就和被眼鏡蛇咬到一樣危險。但是他的體型實在很小，小到人類不會想起他，這反而使他更容易傷害人類。

利奇的眼睛再次轉紅，他用從家族繼承來的一種獨特動作開始對卡萊特搖晃擺動。雖然他的動作看起來有一點滑稽，但是這種步伐其實能使他完美的保持平衡，可以隨心所欲的在任何時候，從任何角度起跳。和蛇對峙時，這是很大的優勢。但是利奇不知道的是，正因為卡萊特體型這麼小，又可以這麼快速的轉身，所以這場戰鬥遠比面對納格還要更危險，除非利奇能夠一口咬在很靠近卡萊特頭部後方的位置，否則卡萊特一轉頭就會咬中他的眼睛或嘴唇。但是利奇不知道這一點——他的眼睛已變成赤紅色了，正不斷前後搖動，尋找適合下嘴的位置。卡萊特發動了攻擊。利奇往旁邊一跳，想要往卡萊特的方向跑近，但是那顆邪惡的淺灰色小頭顱往他的肩膀飛速射了過去，利奇不得不從蛇身之上跳過去，同時那顆蛇頭一直緊跟在他的腳爪後方。

泰迪對著家裡大喊：「喔，快來看！我們的蛇獴在殺蛇。」利奇聽到泰迪的母親發出一聲尖叫。泰迪的父親抓著一根木棍跑出來，但是在他跑到他們身邊以前，卡萊特就發動了一次距離太遠的攻擊，利奇一個箭步跳到了蛇背上，把頭猛然沉到兩隻前腳之間，盡其所能的咬住蛇背上最靠近蛇頭的那塊肉，接著打了一個滾。這一咬立刻讓卡萊特動彈不得，利奇正打算把卡萊特從尾巴開始整隻吃進肚子裡（這是他們家族吃大餐時的傳統），但是這時，他想起了蛇獴會因為一頓大餐而變得行動遲緩，如果他希望自己的力量與速度都維持在最佳狀態，就必須保持消瘦。

他跑到蓖麻油樹下的沙坑裡做沙浴，而泰迪的爸爸則開始用棍子擊打已經死去的卡萊特。

「他為什麼要做這種事呢？」利奇想著。「我已經把事情解決啦。」接著，泰迪的媽媽把他從沙子裡抓起來並抱在懷裡，因為他拯救泰迪免於死亡而開始哭泣，而泰迪的爸爸說他是上天帶來的禮物，泰迪則是用那雙充滿驚嚇的大眼睛看著他。

利奇當然不懂這些人類為什麼這麼激動，他只覺得他們很有趣。在他看來，泰迪的媽媽大概也會因為泰迪在沙坑裡玩耍而這麼寵愛的抱住泰迪。利奇非常享受泰迪媽媽的擁抱。

當天晚餐時，他在餐桌上的玻璃酒杯之間來回走動，他們提供的食物多到足以讓利奇撐死三次，但是他還記得納格和納格娜，所以雖然他非常享受泰迪媽媽寵愛的拍撫，也很喜歡坐在泰迪的肩膀上，但是每隔一陣子，他的眼睛就會發紅，大聲發出長長的戰嚎：「利奇、帝哄、帝哄、帝哄、提克！」

泰迪把他帶到床上，堅持讓利奇睡在他的下巴下。利奇教養良好，絕對不會咬人或抓人，但是一等到泰迪睡著，他就開始繞著房子進行晚上的巡邏，在一片黑暗中，他遇到正偷偷摸摸沿著牆邊行動的麝鼠啾啾卓。啾啾卓是一隻傷心的小野獸，他總是徹夜哀鳴和吱喳叫，想要下定決心跑到房間正中央，但是他從來沒有成功跑到那裡過。

「別殺我。」啾啾卓說，他幾乎快要哭出來了。「利奇，別殺我。」

「你以為專門殺蛇的蛇獴會想要殺麝鼠嗎？」利奇鄙夷的說。

「殺蛇的生物也會被蛇所殺。」啾啾卓以前所未有的哀傷語氣說。「我要怎麼確保納格不會在黑夜中看到我的時候，把我誤認成你呢？」

▲在一片黑暗中，他遇到正偷偷摸摸
沿著牆邊行動的麝鼠啾啾卓。

「根本不可能會有這種危險。」利奇說。「納格住在花園裡，我知道你從來不去花園。」

「我的老鼠表親啾亞告訴我……」啾啾卓說到這裡便停了下來。

「告訴你什麼？」

「噓！利奇，納格無所不在。你應該在花園裡跟啾亞聊過了吧。」

「我沒有跟他聊過，所以你一定要把話說完。啾啾卓，快點，否則我就要咬你了！」

啾啾卓坐了下來，嚎啕大哭直到眼淚從鬍鬚上滾滾落下。「我這隻獴鼠真是太可憐了。」他哭哭啼啼的說。「我從來沒有足夠的勇氣跑進房間正中央。噓！我什麼都不能告訴你。利奇，難道你沒有聽見嗎？」

利奇仔細傾聽。房子裡面靜悄悄的，但是他覺得聽見了這個世界上最微弱的刮擦聲——就像黃蜂在窗戶玻璃上走動時那麼微弱的聲音。他聽見的是蛇在磚頭上爬動的乾燥刮擦聲。

「那一定是納格或納格娜，」他自言自語道，「他正爬進浴室的排水孔裡。啾卓，你剛剛說得沒錯，我應該去找啾亞談談。」

他躡手躡腳的走到了泰迪的浴室，但是那裡什麼也沒有，接著他又去了泰迪媽媽的浴室。在浴室的平滑灰泥牆下有一塊突起的磚頭，是用來將洗澡水排出去的排水孔，利奇偷偷摸摸的躲到澡盆下的緣石旁，這時候，他聽到納格和納格娜在外面的月光下竊竊私語。

「等到房子裡一個人也沒有了之後，」納格娜對丈夫說，「他就必須走了，到時候花園就屬於我們的了。悄悄爬進去，你要記得先去咬那個打死了卡萊特的高大男人。然後再出來告訴我，我們接下來就可以一起去獵捕利奇。」

「但是妳確定殺死人類會有好處嗎？」納格說。

「我很確定。平房裡面沒有人類之後，花園裡還會有蛇獴嗎？只要平房是空的，我們就是花園裡的國王和皇后。你要記得，等到我們下在西瓜田的蛋孵化了（他們很有可能在明天孵化），我們的孩子將會需要空間靜靜成長。」

「我之前一直沒有考慮到這件事。」納格說。「我會去的，但是我們沒有必要在之後去獵殺利奇。我要殺死高大的男人和他的妻子，若可以的話還要殺死那個孩子，然後再靜靜離開。只要沒有人住在平房裡，利奇就會離開了。」

利奇聽到這段話之後，全身都因為怒火與恨意而隱隱刺痛，這時候納格的頭從排水孔裡冒了出來，隨之出現的是他一．五公尺長的冰冷身軀。雖然利奇怒氣衝天，但是看到這麼大一隻眼鏡蛇還是讓他非常害怕。納格把自己盤成一座小山、抬起頭，並在黑暗中觀察廁所，利奇能看到他的眼睛正閃閃發光。

「如果現在就把他殺了，納格娜一定會發現。如果我在比較空曠的地方和納格打鬥，他的贏面會比較大。我該怎麼做呢？」利奇說。

納格前後擺動，接著利奇聽見他在最大的水罐邊喝水，那裡面的水是用來倒入澡盆用的。

「水真好喝。」蛇說。「我想想，卡萊特被殺的時候，高大男人拿著一根棍子。他可能現在也拿著那根棍子，但是等到他明天早上進浴室盥洗的時候，就不會拿著那根棍子了。我應該在這裡等到他明天早上進來，納格娜——妳聽到了嗎？我要在這個涼快的浴室裡待到天亮。」

外面沒有回應，因此利奇知道納格娜已經走了。納格縮回頭顱，在水罐旁把身體一圈接著一圈圍繞成一座小山，利奇則像屍體一樣一動也不動。一個小時後，他開始一點一滴往水罐的方向移動。納格睡著了，利奇看著他巨大的背部，思考著咬哪個位置最適合。

「如果我沒有在第一次跳躍就把他的背咬斷，」利奇說，「他就能繼續跟我打鬥。如果他跟我打鬥的話……喔，瑞琪！」他看著蛇脖子底下粗壯的身軀，但是那對他來說有點太大了，而咬在靠近尾巴的地方只會讓納格變得更野蠻。

「我一定要咬在頭上，」利奇最後說，「脖子上方的頭部，而且成功咬住之後，絕對不能鬆口。」

接著他跳了起來。蛇頭躺在水罐的彎曲瓶身下面，距離瓶子不遠。利奇把牙齒刺入時，把背部靠在紅色陶器的突起處，以便把頭往下壓。這讓他多了一秒時間可以反應，並將這一秒的優勢運用到了極致。接著，利奇就像被狗咬住的老鼠，不斷被前後甩動——對著地板前後甩動、又被上下甩動，還被繞著圈甩動。但是利奇的眼睛一片血紅，當他咬住了蛇之後，蛇身便在地板上打起滾來，他們打翻了錫杓子、肥皂盤、刷具，又碰一聲撞上了錫製浴盆的側邊。他把牙關咬得愈來愈緊，因

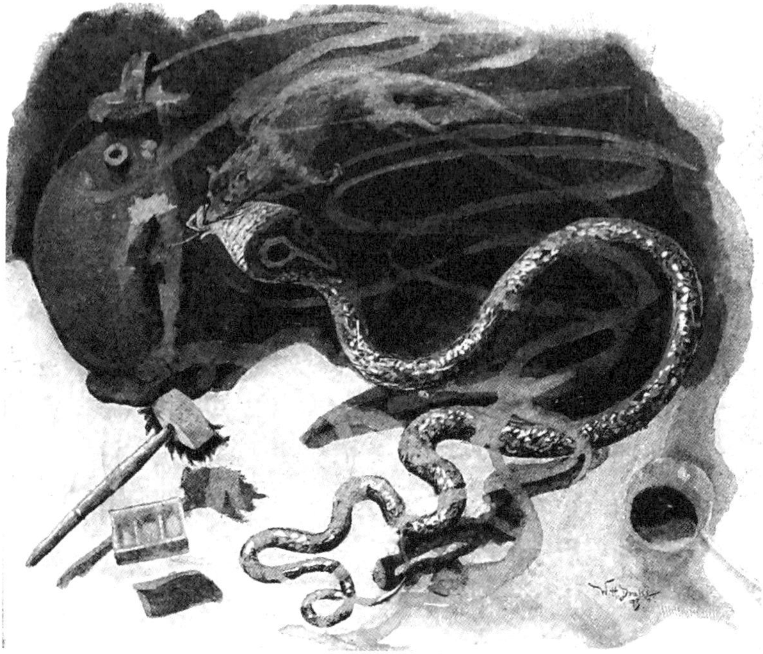

▲利奇就像被狗咬住的老鼠，不斷被前後甩動。

為他很確定自己一定會被撞死，而為了家族榮譽，他希望自己死時是緊咬牙關的。他頭暈腦漲、全身疼痛，覺得被搖晃成了碎塊，就在這個時候，身後出現了一道如雷巨響，一道不知從何而來的熱風打在他身上，紅色的火星烤焦了他的毛。高大的男人被聲響吵醒了，他拿出獵槍朝著納格的脖子開了兩槍。

利奇閉上了眼睛，他很確定自己已經死了。但是他嘴中的蛇頭沒有動靜，高大的男人把他抱起來，說：

「愛麗絲，又是這隻蛇獴。這個小傢伙這次救的是我們的命。」這時泰德的媽媽才一臉慘白的走了進來，她看到了納格的屍體，而利奇則拖著疲憊的身體走進泰迪的臥室，餘下的大半個晚上，都在不斷輕輕抖動身體，確認自己有沒有如同想像中的一樣碎成了四十片。

到了早上，他覺得自己全身僵硬，但是他很滿意自己昨晚的成就。「現在我只剩下納格娜要處理了，她遠比五隻納格還要更可怕，而且我也不知道她說的那些蛋會在什麼時候孵化。天啊！我一定要去見見達紀。」他說。

利奇沒有等人類準備好早餐，就直接跑到了荊棘樹叢，達紀正用最大的音量唱著勝利之歌。納格死亡的消息已經傳遍了整座花園，因為清潔傭人已經把蛇的屍體丟到垃圾堆去了。

「喔，你這坨愚蠢的羽毛！」利奇怒氣衝衝的說。「現在是唱歌的時候嗎？」

「納格死了——死了——死了！」達紀唱。「英勇的利奇一口緊緊咬住他的頭。高大的男人拿出了碰碰響的棍子，納格變成了兩半！他再也不能吃掉我的寶寶了。」

「你說得沒錯，但是納格娜在哪裡呢？」利奇一邊說，一邊小心翼翼環顧四周。

「納格娜爬到廁所的排水孔叫喚納格，」達紀繼續唱，「而納格出來時掛在棍子上——清潔傭人用棍子把他撿起來、丟在垃圾堆上。讓我們歌頌偉大的紅眼利奇！」達紀扯開嗓門大唱特唱。

「如果我能爬上去你的鳥巢，我會把你的寶寶全都丟到地上！」利奇說。「你根本不知道要如何在正確的時機做正確的事。你在巢裡面的確很安全，但是對站在地面的我來說還有一場仗要打。達紀，別唱了，先停一分鐘。」

「為了偉大又美麗的利奇，我願意停止唱歌。」達紀說。「殺掉了恐怖納格的大人啊，有什麼事！」

「這是我第三次問你了，納格娜在哪裡？」

「擁有一口白牙的偉大利奇啊，她在馬廄旁的垃圾堆前，為納格哀悼。」

「別管我的白牙了！你有聽她提起她的蛋藏在哪裡嗎？」

「在西瓜田裡，就在圍牆的盡頭，那裡整天都有陽光照耀。好幾個星期前她在那裡下了蛋。」

「而你從來沒有想過要把這件事告訴我？你剛剛是說在圍牆的盡頭嗎？」

「利奇，你要去吃掉她的蛋嗎？」

「不，我不打算吃掉她的蛋。如果你還有一點理智，現在就應該飛去馬廄假裝

▲達紀的妻子假裝自己的翅膀斷了。

自己的翅膀受傷了，讓納格娜追著你到這個樹叢來。我必須去西瓜田，但是她在垃圾場的話，就會看到我過去。」

達紀是一隻腦袋空空的小東西，他的腦中每次只能想一件事。由於他知道納格娜的孩子是從蛋裡面出生的，所以他不認為殺掉他們是個好主意。但是他的妻子是隻聰明的小鳥，她知道眼鏡蛇的蛋代表之後會有小眼鏡蛇誕生。所以她飛離鳥巢，留下達紀替寶寶取暖，並繼續唱著納格的死亡之歌。從某方面來說，達紀和人類男人很像。

她飛到垃圾堆前，在納格娜面前拍動翅膀，大叫道：「喔，我的翅膀斷了！房子裡的男孩對我丟石頭，把翅膀打斷了。」接著她用更絕望的姿勢撲動翅膀。

納格娜抬起頭，嘶嘶叫：「要不是妳警告利奇，我早就殺掉他了。妳可真是選了一個糟糕的地方折斷翅膀呀。」她滑行過鬆軟的沙土，往達紀的妻子爬去。

「男孩用石頭打斷了我的翅膀！」達紀的妻子尖叫。

「很好啊！讓我告訴妳一件事吧，我會向男孩復仇，知道這件事之後，妳就可以死而無憾了。我丈夫今天早上躺在垃圾堆上，但是在今晚之前，房子裡的男孩就會躺在地上再也不能動了。妳何必逃呢？我終究會抓住妳的。小蠢貨，看著！」

達紀的妻子很清楚自己不可以看向蛇，因為看見蛇眼的小鳥會害怕到動也不敢動。達紀的妻子繼續搧動翅膀，發出悲傷的鳥鳴，一直沒有離開地面，而納格娜則開始加快速度。

利奇聽見她們從馬廄沿著小路離開了，他立刻快速跑到圍牆邊的西瓜田盡頭。在西瓜的溫暖落葉上，他找到了被小心翼翼藏起來的二十五顆蛋，每顆都有雞蛋那麼大，只不過不是硬殼，而是軟殼的蛋。

「時機正好。」他說。他能透過軟殼看到蜷縮在蛋裡面的小眼鏡蛇，他知道這些小眼鏡蛇在孵化的那瞬間，就有能力殺死一名成年男性或一隻蛇獴。他用最快的速度咬破蛋的底部，仔細殺死每隻小眼鏡蛇，不時翻起落葉，確認自己有沒有漏掉任何一顆蛋。最後只剩下三顆蛋了，就在利奇開始竊喜時，他聽到達紀的妻子尖叫：「利奇，我把納格娜往房子那邊引過去了，她爬上了陽台，然後——喔，你快來——她要大開殺戒了！」

利奇立刻砸碎兩顆蛋，嘴裡啣著一顆蛋跌跌撞撞穿越西瓜田往屋子跑，用盡全力跑到了陽台。泰迪和爸媽原本在陽台吃早餐，但是利奇抵達時，他們沒有在吃任何東西，全都像石化了一樣動也不動的坐在那裡、臉色慘白。納格娜在泰迪椅子旁的草席上捲起身子，只要輕輕往前一衝就能咬住泰迪光裸的腿，她正一邊唱著勝利之歌，一邊前後搖晃身子。

「殺掉納格的高大男人的兒子啊，」她嘶嘶叫，「不准動。我還沒準備好，再等一下。你們三個全都不准動，如果你們動了，我就會咬你們，如果你們不動，我也會咬你們。喔，愚蠢的人類啊，你們殺了我的納格！」

泰迪直盯著爸爸，但是爸爸唯一能做的只有輕聲細語的說：「泰迪，坐著別動。你絕對不能動。泰迪，別動喔。」

這時候，利奇跑了進來，他大喊：「轉過頭啊，納格娜，轉過頭來戰鬥吧！」

「這個時機真是太棒了。」她回答時連眼睛都沒有移動。「我很快就會向你報仇了。利奇，你看看你的朋友。他們臉色蒼白，靜止在椅子上，他們怕極了。他們不敢動，只要你再靠近一步，我就要攻擊他們了。」

「看看妳的蛋啊，」利奇說，「妳藏在牆邊那片西瓜田裡的蛋。快去看啊，納格娜。」

大蛇半轉過身，看到了陽台上的那顆蛋。「啊啊！把蛋還給我。」她說。

利奇把爪子放在蛋的兩側，眼睛血紅。「一顆蛇蛋有多大的價值呀？一隻年輕的眼鏡蛇？一隻年輕的眼鏡蛇王？整窩蛋裡面的最後一顆——唯一一顆剩下來的蛋，能有多大的價值呢？螞蟻現在已經在西瓜田裡享用那些蛋了。」

納格娜的身體已經完全轉向了陽台，為了那顆蛋而忘記了身後的一切。利奇看到泰迪爸爸伸出一隻大手，抓住泰迪的肩膀，越過小桌子上的茶杯把他拽了過去，安全離開了納格娜的攻擊範圍。

「被騙啦！被騙啦！被騙啦！瑞哄——哩——哩！」利奇咯咯笑著說。「男孩安全了，而昨晚在浴室裡咬住納格脖子的是我——是我——是我。」接著他開始移動四隻腳前後跳動，他把頭壓得很低。「他把我往前摔又往後摔，但是他甩不掉我。他在高大男人開槍把他打成兩半之前就已經死了。是我殺了他。瑞哄——帝哄——哩——哩！快來啊，納格娜。來跟我打架啊。妳不會當寡婦太久的。」

納格娜知道自己已經錯失殺掉泰迪的機會，她的那顆蛋躺在利奇的兩爪之間。「利奇，把蛋給我。把最後一顆蛋給我，之後我就會離開這裡，永遠不會回來。」她一邊說，一邊壓低自己的頭。

「對，妳會離開，永遠也不會再回來，因為妳將要和納格一起躺在垃圾堆裡。戰鬥吧，寡婦！高大的男人去拿他的槍了！戰鬥吧！」

利奇繞著納格娜不斷跳躍，一直保持在她的攻擊範圍之外，他的小眼睛像兩塊炙熱的煤炭。納格娜做好準備，對他展開攻擊。利奇朝後跳向空中。她一次又一次，一次又一次的攻擊，每一次，她的頭都重重打在陽台地毯上，接著又像手錶的彈簧一樣縮回身體。利奇繞著圈跳舞，試圖靠近她的背，納格娜不斷轉圈，讓自己的頭部維持正對著蛇獴的頭部，她的尾巴在地毯上拖行的聲音聽起來就像乾燥的葉子正被風吹起。

利奇忘掉那顆蛋了。蛋被放在陽台上，納格娜往蛋的位置愈靠愈近，最後她趁利奇喘氣的時候一口把蛋啣在嘴裡、轉向陽台的階梯，像箭矢一樣飛快的爬到小路上，而利奇緊追在後。眼鏡蛇在為了自己的生命飛速爬行時，快得就像朝馬脖子上方用力甩響的皮鞭。

利奇知道他必須抓住眼鏡蛇，否則未來這些問題必定會再次出現。她沿著荊棘

▲納格娜把蛋啣在嘴裡飛快的爬到小路上，
而利奇緊追在後。

樹叢筆直朝高高的雜草叢爬去，利奇跟在後面跑的時候，聽見達紀還在唱他那首愚蠢的勝利之歌。但是達紀的妻子聰明多了，她在納格娜靠近時飛出鳥巢，對著納格娜的頭搧動翅膀。如果達紀也飛下來幫忙，他們有可能會讓她轉頭，但是如今納格娜只是壓低脖子繼續前進。不過，這一瞬間的延遲足以讓利奇追上來，就在她一頭鑽進曾和納格同住的老鼠洞時，利奇雪白的小牙齒穿進了她的尾巴，跟著她一起進入洞中——很少會有蛇獴願意跟著眼鏡蛇進入他們的洞裡，無論再聰明、再老練的蛇獴都鮮少這麼做。洞裡面一片漆黑，利奇不知道洞穴會在什麼地點變寬敞，讓納格娜可以回過頭攻擊他。他兇猛的咬緊牙關，伸出四肢去抓一片黑暗中又熱又溼的斜坡土壤，希望能減慢速度。

接著洞口的草不再搖動，達紀說：「利奇完蛋了！我們必須開始唱他的死亡之歌。偉大的利奇死了！因為納格娜一定會在地底下殺掉他。」

他馬上即興編出一首無比悲戚的歌曲唱了起來，就在他唱到最感人的部分時，雜草顫動了一下，滿身塵土的利奇舔著鬍鬚、拖著四肢，一步、一步從洞裡走了出來。達紀停下歌曲，驚呼了一聲。利奇抖了抖身子，把身上的塵土抖落，又打了個噴嚏。「一切都結束了。」他說。「那個寡婦再也出不了這個洞了。」住在草莖之間的紅螞蟻聽到他說的話，開始列隊往洞裡爬去，確認他說的是不是真的。

▲利奇說：「一切都結束了。」

利奇在草上蜷曲起身子，就地睡著了——他這一天做了好多事，已經筋疲力竭，所以他睡了又睡，直到傍晚才醒來。

「好了，」他醒來時說，「我要回去房子裡了。達紀，把這件事告訴銅匠鳥，他會把納格娜已死的事情告訴整座花園裡的生物。」

銅匠鳥的叫聲和銅匠用小鐵鎚製造小銅鍋時敲敲打打的聲音一模一樣。他總是發出這種聲音，因為他是印度每座花園裡的大聲公，他會把所有新消息告訴每一位願意傾聽的生物。

當利奇沿著小路往房子走時，他聽到像是晚餐鈴般，用來提醒大家注意的叫聲，接著是嘹亮的「叮——噹——咚！納格死了——噹！納格娜死了！叮——噹——咚！」這段話使整座花園裡的鳥都齊聲歌唱，青蛙也開始呱呱叫，因為納格和納格娜經常會吃青蛙和小鳥。

利奇回到家裡時，泰迪、泰迪媽媽（她看起來依舊臉色慘白，因為她之前暈倒了）和泰迪爸爸都過來迎接他，幾乎為他而哭了起來。那天晚上，他吃了好多他們提供的食物，直到再也吃不下為止，然後他爬到泰迪的肩上，和他一起上床睡覺。晚上，泰迪媽媽在深夜進到泰迪的房間時，看見他睡在床上。

「他拯救了我們的性命和泰迪的性命。」她對丈夫說。「你想想看，他拯救了我們全家人的性命。」

利奇嚇醒了，因為所有蛇獴都睡得很淺。「喔，是你們呀。」他說。「你們還在煩惱什麼呢？所有眼鏡蛇都死了。如果還沒死光，你們還有我呢。」

利奇的確有權利自豪，但是他並沒有太過驕傲，他一直很稱職的以蛇獴的身分用尖牙、跳躍、衝刺和撕咬守護著花園，直到再也沒有眼鏡蛇敢爬進花園裡。

〈達紀的聖歌〉（榮耀利奇之歌）

我是裁縫也是歌手——
我知道的喜悅有兩倍之多——
我自豪能傳至天際的歌喉，
我自豪我編織而成的小窩——
我的音樂穿梭，上下前後——我也穿梭著編織我的小窩。

再次對著離巢的雛鳥引吭高歌，
鳥媽媽，喔，抬起妳的頭！
侵害我們的邪惡勢力已被殺死，
死神陳屍在花園裡頭。
藏在玫瑰裡的恐懼已消失無蹤——屍體被扔在汙穢之中！

是誰，是誰拯救了我們？
告訴我他住在哪裡，還有他的大名。

是利奇，我們的英雄，我們的正義，
　是利奇，火焰在他的眼裡。
利奇——帝哄——帝哄，有一口白色尖牙的獵人，火焰在他的眼裡。
鳥族要一起感謝他，
　張開尾羽對他鞠躬致意！
用夜鶯的語言讚頌他——
　不，應該由我來讚頌。
聽啊！我會用歌曲對利奇讚頌，他的尾巴如瓶刷，眼睛一片血紅！
（利奇在這時候打斷了這首歌，因此剩下的歌詞就此失傳。）

6

象群與馴象人圖瑪依

〈象群的圖瑪依〉

我會記得我是誰，我厭倦了草繩與鐵鍊；
我記得過去的力量，以及我在森林的所有經驗。
我不會為了一捆甘蔗，就把背脊出賣給人類，
我要進入野外尋找我的部族，尋找住在森林裡的同類。

我要進入野外直到白日來臨，直到破曉出現在天際，
野外的風最純潔的親吻，野外的水最純淨的撫慰：
我忘掉腳踝上的鐵鍊，把我的木樁拉斷。
我要去拜訪曾失去的愛人，和那些無主的同伴！

卡拉納格這個名字的意思是「黑蛇」。卡拉納格已經用了大象能做到的所有方式，花了四十七年時間服務印度政府，他被人類抓到的時候已滿二十歲，也就是說他現在已經將近七十歲了——對大象來說已經是熟齡。他還記得自己曾在額頭上戴著巨大皮甲，推動一架深陷在泥土中的大砲，那是阿富汗戰爭在一八四二年爆發之前的事了，他當時的力量還未達到全盛。他的母親拉妲·皮雅利——綽號「拉妲甜心」，也在同一次獵捕中和卡拉納格一起被人類抓捕，她在卡拉納格的乳象牙掉落之前說過，感到害怕的大象永遠都是受傷的那一個，卡拉納格覺得這個忠告對極了，因為他在第一次看到砲彈發射時尖叫著向後倒退，跌進一大堆步槍之中，步槍的刺刀插進了他身上最柔軟的每一處皮膚。因此，在他還沒滿二十五歲之前，就放棄了恐懼，這讓他成為替印度政府服役的大象中，最討人喜歡也最受照顧的大象。他曾在北印度的行軍時背著帳棚（重達五百四十公斤重的帳棚）；他曾被人類用蒸汽動力起重機吊進船裡，在水上航行好幾天，到一個距離印度非常遙遠、處處充滿岩石的奇怪國家，並把迫擊砲背在背上；他在莫達拉見證了席奧多國王之死，搭著蒸汽船返國，船上的士兵說所有人都會獲頒阿比西尼亞戰爭勛章。十年後，他在阿富汗的阿里穆斯吉德見到大象同伴因寒冷、癲癇、飢餓、中暑而死亡，接著他又被送往數千公里之外的南方，在緬甸毛淡棉市的木材廠裡拖拉與堆疊柚木。他在那裡差點殺死了一隻違抗命令又縮減自己工作量的年輕大象。

在那之後，他不再拖木材，而是和其他受過相關訓練的大象一起被帶去加洛丘陵，幫人類捉捕野生大象。印度政府對大象的管控非常嚴格，有一個部門的唯一工作就是獵捕並訓練大象，再把他們送到全國各地需要大象幫忙工作的地方。

卡拉納格站起來時，肩膀足足有三公尺高，他的象牙在一．五公尺長的位置被切斷了，尾端用銅片綁起來避免象牙裂開。但是他利用這兩支鈍頭的象牙能做到的事，遠多於那些未經訓練的大象用真正銳利的象牙能做到的事。

他們花了好幾週的時間把四散各地的大象趕過山丘，等到把四十至五十隻野獸都趕進高高的木樁圍欄之後，用好幾根樹幹綁成的柵欄門會在大象背後轟然落下，卡拉納格會在命令之下闖進不斷鳴叫、情緒激動的混亂象群中（通常時間會是晚上，這時候火把的亮光會使大象難以判斷距離），接著，他會挑選其中象牙看起來最大、最凶猛的一隻象，對著他衝擊推撞讓他安靜下來，同時後方那些坐在其他大象身上的人類會用繩子綁住體型較小的野生大象。

世上沒有「充滿智慧的老黑蛇」卡拉納格所不知道的作戰方式，因為過去他曾數次遇到受了傷的老虎向他衝來，他知道如何挺身而戰，他會捲起柔軟的象鼻避免受傷，把向他衝來的野獸猛力撞到空中，同時在老虎的頭上留下割傷，而這套作戰

▲卡拉納格是最受歡迎的大象。

方式還是他自己發明的。把老虎撞倒後，他會用巨大的膝蓋跪在老虎身上，直到老虎大聲哀嚎著吐出最後一口氣，就此死亡，原本的猛獸從此變成了充滿條紋的毛團，卡拉納格可以用象鼻抓住地上這個毛團的尾巴，直接拖走。

「沒錯，」卡拉納格的馴象人大圖瑪依說，他的父親是曾把卡拉納格帶到衣索比亞的「黑圖瑪依」，黑圖瑪依的爸爸「象群的圖瑪依」則親眼看著卡拉納格被人類捕捉，「黑蛇什麼都不怕，只怕我。他見證我們祖孫三代餵養他、照料他，他將會活著看到我們家族的第四代。」

「他也怕我。」小圖瑪依說，他站直時只有一百二十公分高，身上只繫了一塊布。他是大圖瑪依的長子，今年十歲，根據習俗，他長大後將會接替父親坐在卡拉納格脖子上的位置，接下在他父親、祖父與曾祖父手上打磨得十分光亮，且重量極沉的鐵製大象刺棒。他知道自己在說什麼，因為他從出生開始就生活在卡拉納格的影子之下——他在學會走路之前就開始和象鼻玩耍，一學會走路就帶著卡拉納格去溪邊，卡拉納格就算作夢也不會違背他的尖聲命令。在大圖瑪依把小小的棕色嬰兒帶到卡拉納格的象牙之下，並告訴他這就是他未來的主人時，卡拉納格更是連想都沒有想過自己可以把他殺掉。

「沒錯，」小圖瑪依說，「他怕我。」他大步走到卡拉納格面前，罵他是又胖又老的豬，並命令大象把腳一隻接著一隻抬起來。

「哈！」小圖瑪依說，「你就是一隻很大的大象。」他神氣的擺動頭髮亂翹的頭，引用父親的話：「或許付錢餵養大象的是政府，但是大象是屬於我們這些馴象人的。卡拉納格，等你老了之後，就會有一位有錢的王公到我們這裡，他會因為喜歡你的體型和舉止而從政府手中把你買下來，在那之後，你就不用工作了，你唯一需要做的事就是耳朵上戴著金耳環、背上馱著金象轎、披著金色圖樣的紅布，在國王的隊伍前面領頭。到時候我會坐在你的脖子上，卡拉納格啊，我手上會拿著銀製

▲小圖瑪依說：「他也怕我。」
然後大步走到卡拉納格面前，命令他
把腳一隻接著一隻抬起來。

的刺棒，還會有許多手拿黃金棍的男人跑在我們前面，大喊著：『給國王的大象讓路！』卡拉納格，到時候一定很不錯，不過還是沒有在叢林裡打獵來得好。」

「嗤！」大圖瑪依說。「你還只是個孩子，和野牛幼崽一樣愛玩。這種在山丘裡來回奔波的差事根本不是最好的政府工作。我愈來愈老了，我可一點也不喜歡野生大象。我想要的是整齊的大象隊伍、每隻象都有一間象廄、能夠安全綁住他們的大樹幹，以及能讓他們行走的平坦寬路，我一點也不想像現在這樣到處紮營。啊哈，印度坎普爾的軍營就不賴。軍營附近就有市場，而且每天只要工作三小時。」

小圖瑪依記起了坎普爾的大象隊伍，沒有說話。他覺得紮營的生活更好，他厭惡那些平坦的寬路，每天都要從飼料儲藏處拿草，從早到晚都有好長一段時間無所事事，只能看著卡拉納格在尖利的木樁旁不斷躁動。

小圖瑪依喜歡沿著每次只能讓一隻大象通行的馬道往上爬、俯瞰下方的山谷、瞥見數公里之外正在進食的野生象群、被卡拉納格的步伐嚇得四處亂竄的豬和孔雀、阻礙視線又使所有山丘和低谷都霧氣瀰漫的溫暖雨水、沒人知道晚上要在哪裡紮營的美麗迷濛早晨、野生大象穩定又謹慎的行動，還有昨天晚上的瘋狂衝刺、火焰與騷動，當時大象像是坍方時滾落的岩塊似的，一股腦的衝進了木樁圍欄中，他們猛力衝向木樁牆，卻一次又一次的被吼叫、搖曳的火把與空包彈的射擊聲逼回去。

就連小男孩都能在這種時候派上用場，而小圖瑪依一個人就能抵得上三個小男孩。他會拿起火把不斷搖晃，用最高的音量大吼。但是真正精采的是驅趕的過程，這種時候「刻答」（意思是木樁圍欄）看起來就像是世界盡頭的一幅畫，男人因為根本聽不見彼此的聲音必須打手勢溝通。到了這個時候，小圖瑪依就會爬上不斷顫抖的其中一根木樁圍欄頂端，他被陽光晒成棕色的頭髮都落在肩膀上，在火把的搖曳光線裡，看起來就像一隻妖精。只要場面稍微安靜下來，你就會聽見他鼓勵卡拉納格的尖聲吼叫，混雜在象鳴聲、衝撞聲、繩子的斷裂聲與被綁上繩子的大象呻吟聲之中。「每攸、每攸、卡拉納格！（衝啊、衝啊，黑蛇！）當特堵！（用象牙撞他！）索瑪囉！索瑪囉！（小心！小心！）馬盧！馬啊！（打他！打他！）小心木樁！啊欸！啊欸！哈咿！耶咿！其啊啊哈！」他會這麼喊著，同時卡拉納格和野象會在刻答之間來回戰鬥，老練的捕象人會擦掉眼睛上的汗水，抽空向坐在木樁上方開心扭動的小圖瑪依點點頭。

他不只是在木樁上扭動而已。一天晚上，他從木樁上跳下來、鑽進大象之間，抓住掉下來的繩子末端，丟回去給一位騎在大象上的馴象人，這名馴象人正試著綁住一隻年輕小象不斷踢動的腿（幼崽總是比成年動物更麻煩）。卡拉納格看到他了，他用象鼻抓起他，把他交給大圖瑪依，大圖瑪依立刻打了他一巴掌，把他放回木樁上。

隔天早上他被罵了一頓，大圖瑪依說：「沒用的東西，負責讓大象排成一列跟背帳棚還不夠好嗎？你就非得要自己闖進去抓大象嗎？現在可好，那些薪水比我還少的蠢獵人已經跑去找彼得辛閣下，告訴他這件事了。」小圖瑪依嚇壞了。他對白

▲小圖瑪依拿起火把不斷搖晃，用最高的音量大吼。

人的了解不多，但是對他來說，彼得辛閣下就是全世界最了不起的白人。他是整個刻答捕象行動的領導人——他為印度政府抓捕大象，他對大象的了解遠比任何活人還要更多。

「之後會……會怎麼樣？」小圖瑪依說。

「怎麼樣！當然是最糟糕的那樣。彼得辛閣下是個狂人。否則他為什麼要獵捕這些野生惡魔？他說不定會要求你去當捕象人、去睡在這些充滿熱病的叢林中的任何位置，最後在刻答裡面被踩死。這個亂七八糟的事件能平安結束算你好運。下個星期捕象行動就結束了，我們這些平地人會被送回我們住的地方。到時候我們就可以走在平坦的路上、忘掉這次的狩獵。但是，兒子，我非常生氣你昨晚插手干涉這些骯髒的阿薩姆叢林人該做的事。我是因為卡拉納格只服從我，所以必須和他一起進入刻答，但是他只是負責打架的大象，不會幫忙綑綁。所以我安穩的坐在位子上時，我是一名馴象人，而不是卑微的獵人。我說的是馴象人，馴象人是可以在退休之後領退休金的職業。難道象群圖瑪依的家族最後要淪落到進入刻答的塵土中被踐踏嗎？你這個愚蠢的東西！邪惡的東西！沒用的孩子！去幫卡拉納格洗澡，照料他的耳朵，看看他腳上有沒有荊棘，否則彼得辛閣下一定會把你抓走，讓你當野象獵人——去當大象足跡的追蹤者，去當叢林裡的野熊。呸！丟臉的東西！快去！」

小圖瑪依一言不發的離開了，但是他在檢查卡拉納格的腳時，把這些委屈都說給他聽。「不管了。」小圖瑪依一邊說，一邊翻動卡拉納格的巨大右耳。「他們把我的名字告訴彼得辛閣下了，說不定……說不定……說不定……誰知道呢！哈咿！我拔掉的這根刺可真大！」

接下來幾天，他們把大象聚集在一起，讓新抓來的野象在一對溫順的大象之間來回走動，避免他們在未來前往平地時製造太多麻煩，又花了一些時間仔細檢查在叢林裡磨損或丟失的毯子、繩子和各種物品。

彼得辛閣下騎著他那聰明的母象帕彌妮過來了。因為這一季的捕象行動即將結束，所以他最近來到各個山丘的營地支付薪水，他帶了一個當地的會計來，坐在樹下的一張桌前，把薪水拿給馴象人。眾人一一上前領完薪水後，便回到自己的大象身旁，和準備要出發的一行人站在一起。每年都進出叢林協助政府用刻答捕象的捕象人、獵人和助獵人都在這裡，他們坐在大象的背上（這些大象是彼得辛閣下的永久勞力）或靠在樹幹旁，把槍搭在手臂上，對那些即將離開的馴象人開玩笑，或者取笑那些從隊伍中離開、亂跑的新進大象。

大圖瑪依把小圖瑪依帶在身後，走到會計面前，這時追象人的領袖馬恰阿帕低聲對朋友說：「終於來了一個適合應付大象的人了。這麼適合叢林的年輕人之後就要被送去平地蛻皮，真可惜。」

彼得辛閣下向來耳聽八方，因為他的專長就是聆聽所有生物中最安靜的一種——野象。他本來一直躺在帕彌妮的背上，這時他翻了個身說：「什麼？我可沒聽說有任何平地馴象人聰明到能用繩子抓住象，他們連死掉的大象也抓不住。」

「我說的可不是馴象人，而是個男孩。他在最後一次捕象行動中跑進了刻答裡，在我們試著把肩上有斑點的小象和母象分開時，把繩子丟給了巴爾毛。」

馬恰阿帕指了指小圖瑪依，彼得辛閣下看過去，小圖瑪依深深鞠躬直到額頭觸地。

▲小圖瑪依說：「守護窮人的大人啊，我偷的不是嫩玉米，而是瓜。」

「他丟了繩子？他簡直比木樁還要瘦小。小傢伙，你叫什麼名字？」彼得辛閣下說。

小圖瑪依害怕到不敢說話，但是卡拉納格在他身後，小圖瑪依便打了一個手勢，大象立刻用象鼻抓起小圖瑪依，把他舉到帕彌妮的額頭那麼高，正好在偉大的彼得辛閣下面前。這時小圖瑪依用手遮住自己的臉，畢竟他只是個靦腆的孩子，除了特別擅長與大象相關的事務，他和一般孩子沒有太大差別。

「喔哈！」彼得辛閣下的鬍子底下露出了笑容，說，「你為什麼要教大象這個小把戲？是不是要讓他協助你偷拿那些放在屋頂上晒玉米穗的嫩玉米啊？」

「守護窮人的大人啊，我偷的不是嫩玉米，而是瓜。」小圖瑪依說，坐在附近的男人爆出了一陣大笑。他們大都曾在還是個男孩時，教過自己的大象這種小把戲。小圖瑪依現在位於離地兩公尺高的空中，但是他非常希望自己能鑽入地底兩公尺躲起來。

「閣下，他是我的兒子，小圖瑪依。」大圖瑪依一臉怒容的說。「他是個很糟糕的孩子，閣下，他最後一定會被關進牢裡。」

「我可不這麼認為。」彼得辛閣下說。「能夠在他這種年紀面對刻答捕象行動的男孩，是不會被關進牢裡的。好啦，小傢伙，由於你在那頭茂密的頭髮下有個小小的聰明腦袋，所以這四個安那幣給你拿去買蜜錢吧。說不定以後你也會成為獵人。」大圖瑪依的眉頭皺得比以往還要深。「不過你要記清楚了，刻答不是讓小孩子跑進去玩的地方。」彼得辛閣下說道。

「閣下，我是不是永遠都不能再加入刻答捕象行動了？」小圖瑪依倒抽了一口氣問。

「沒錯。」彼得辛閣下再次微笑。「等你看到大象跳舞之後才能再加入刻答。那個時候才是適合的時機。等你見過大象跳舞之後再來找我，我會讓你加入所有刻答。」

眾人又爆出了一陣轟然大笑，因為這是捕象人之間的笑話，「等看到大象跳舞」代表永遠都不可能發生。在森林裡藏有許多巨大的平坦空地，他們把那些空地稱為大象的舞池，但是目前他們知道的大象舞池都是意外找到的，從來沒有人見過大象跳舞。在馴象人吹噓自己的技巧與勇氣時，其他馴象人就會說：「那你有看過大象跳舞嗎？」

卡拉納格把小圖瑪依放了下來，他再次深深鞠躬直到額頭碰到地板，接著跟著父親離開了，他把四安那幣交給媽媽，媽媽這時候正在照顧還是嬰兒的弟弟。他們全都爬到卡拉納格的背上，大象的隊伍發出哼聲與嗚叫，沿著山路向下前往平地。

這次的隊伍朝氣蓬勃，因為新加入的大象每次走過淺灘都會出問題，每隔一分鐘就需要人類誘哄或責打。

大圖瑪依憤恨的戳刺著卡拉納格，因為他非常生氣，但是小圖瑪依則開心到說不出話來。彼得辛閣下注意到他了，還賞錢給他，所以他覺得自己就像軍隊中被特別點名出列，又被指揮官讚賞的大兵。

「彼得辛閣下說的大象跳舞是什麼意思？」他最後輕聲問媽媽。

大圖瑪依聽到後哼了一聲。「意思是你永遠也不會成為那些像山中野牛一樣的追象人。他就是這個意思。喔，前面的，有什麼東西堵住路了嗎？」

前面有一位和他們隔了兩、三頭大象的阿薩姆馴象師憤怒的回過頭大叫：「把卡拉納格帶過來，把我這頭年輕的大象教訓到聽話為止。彼得辛閣下為什麼偏偏要挑我跟你們這些農地平原的驢子一起下去呢？大圖瑪依，把你的野獸趕到旁邊，讓他用象牙刺他。我可以用山丘眾神為名發誓，這些新大象一定是著魔了，不然就是聞到叢林裡其他同伴的味道。」

卡拉納格重擊了那隻新大象的肋骨，讓他差點喘不過氣來，這時大圖瑪依說：「我們最後一次追捕時已經把山裡的野象全都趕過來了，只不過是你在騎象時太粗心大意罷了。難道我現在還要多一個『維持隊伍秩序』的工作嗎？」

「聽聽他說的話！」另一名馴象人說。「我們把山裡的野象全都趕過來了！哈！哈！你們這些平地人，真是聰明到了極點。只有從沒見過叢林的榆木腦袋才會自以為這一季的大象全都被抓光了。所以，今天晚上所有野象都會……話說回來，我幹麼在你這種河中烏龜身上浪費我的智慧呢？」

「他們會怎麼樣？」小圖瑪依大聲問。

「喂，小傢伙。你有在聽啊？好吧，就看在你有一個冷靜頭腦的份上告訴你。今晚他們會跳舞，到時候你這位把所有山丘中的大象都抓起來的爸爸，最好把你們家的大象用兩條鎖鍊鍊起來。」

「你在胡說八道什麼？」大圖瑪依說。「過去四十年來，我們好幾代父子都在訓練大象，我們從來沒聽說過大象跳舞這種胡話。」

「沒錯，但是你們這些住在小房子裡的平地人，也只懂得那棟小房子的四面牆而已。好啦，那麼你今晚就不要替大象上鎖鍊呀，看看到時候會發生什麼事。因為他們的舞啊，我曾經看過那個地方——巴普理、巴普！底杭河到底有多少彎道啊？又一個淺灘，我們必須讓小象游過去。後面的，停下來。」

他們就這樣一邊談天、一邊爭論、一邊濺起水花前進，行進的第一天來到了能夠容納新大象的營地。不過他們早在抵達之前就已經失去耐心。

大象的後腿被綁上一條鎖鍊，連接到粗壯的木樁上，新大象身上還會額外綁上繩子，接著他們把乾糧放在大象面前，山丘馴象人在暮光中走回彼得辛閣下身邊之前，告訴平地馴象人這天晚上要格外留心，並在平地馴象人詢問理由時哈哈大笑。

小圖瑪依幫忙餵食卡拉納格，夜幕低垂時，他懷抱著無法言喻的愉快心情在營地裡四處走動、尋找手鼓。當印度小孩心中有非常強烈的情緒時，他們通常不會四處亂跑、吵吵鬧鬧。他們會坐下來，自己陶醉在這種情緒中——彼得辛閣下找小圖瑪依說話！如果他沒辦法找到手鼓，我相信他一定會因為太過高興而開始大吼大叫，但是營地裡的蜜餞小販借給他一個小手鼓——那是一種把手攤平就能擊打的鼓——他在卡拉納格面前盤腿坐下來，這時滿天星斗正逐漸出現，他把手鼓放在腿上，不斷打呀、打呀、打呀，他在大象的乾糧之間回想著今天降臨在他身上的榮耀，並懷著愈來愈激動的心情擊打手鼓。他擊打手鼓時沒有曲調也沒有歌詞，但是他覺得很快樂。

新進大象被繩子綁住，他們偶爾會發出尖吼和象鳴，他能聽見媽媽在營地裡為了哄弟弟入睡而唱起了一首與偉大濕婆神有關的歌。濕婆神曾告訴過所有動物他們應該吃什麼，而這首與他有關的歌是一首能夠撫慰人心的搖籃曲，第一段的歌詞是：

濕婆，他降下豐收，使風陣陣吹過，
在許久以前的某一天，他坐在門口，
給所有生物應有的生活，食物、命運還有工作，
從寶座上的國王，到大門口的乞丐，
他創造了一切——保護之神濕婆。
瑪哈迪歐！瑪哈迪歐！他創造一切——
荊棘給駱駝，乾糧給黃牛，
而母親的心給想睡的瞌睡蟲，我的小兒子喔！

小圖瑪依配合著這首歌，在每一段歌詞的最後拍擊出「咚、咚」的節奏，直到他感到昏昏欲睡，便躺在卡拉納格身邊的糧草上。

最後，大象遵循習性，一隻接著一隻躺了下來，最後只剩下整排大象中最右邊的卡拉納格還站著。他緩緩左右晃動，把耳朵往前翻，傾聽在山丘中以極緩慢速度吹過來的夜風。空氣裡充滿了夜晚的吵雜聲響，加起來卻是巨大的寂靜——竹子彼此敲擊的輕響、地底下某些活物移動時的沙沙聲、鳥在半睡半醒間發出的抓搔聲

與尖利鳴叫（鳥在晚上醒來的頻率遠比我們想像得還要更頻繁），以及無比遙遠的瀑布水聲。小圖瑪依睡了一小段時間，他醒來時月光璀璨明亮，卡拉納格依然耳朵前翻的站著。小圖瑪依在糧草裡窸窸窣窣的翻身，看著卡拉納格巨大的背，上方是布滿星星的一彎蒼穹，就在他盯著眼前的景象看時，他聽到了一陣聲響，因為距離太遠，那陣聲音細微到就像一條絲線，穿透了整片寂靜上的一個針孔，那是野象的象鳴。

整列大象全都像是被子彈打中一樣跳了起來，他們的低鳴吵醒了正在睡覺的馴象師，他們走出來，拿著木槌進入木樁圍欄裡，把繩子與繩結全都重新綁緊、整理好，直到一切再次陷入寧靜。一隻新進大象差點就把木樁給挖起來了，這時候大圖瑪依解開了卡拉納格的腳鐐，用來把新進大象的前後腳綁在一起，只在卡拉納格的一隻腿上綁了一圈椰繩，告訴他要記得，他是被緊緊綁住的。他知道自己、爸爸和爺爺都重複做過同樣的事情數百遍了。這次卡拉納格沒有像往常一樣用咕嚕聲回答命令。他靜靜站著，看著灑滿月光的叢林彼端，輕輕抬起頭，像搧扇子一樣搧動耳朵，望著地形起伏的加洛丘陵。

「如果他晚上變得有些焦躁，你就多留意一下。」大圖瑪依對小圖瑪依說完後，便進屋裡睡覺了。小圖瑪依也要睡了，就在這時，他聽到了小小的「嗒」一聲，是椰繩斷掉的聲音，然後卡拉納格慢慢走離他的木樁，動作又慢又安靜，就像逐漸飄出山谷口的雲。小圖瑪依在月光下光著腳，沿著道路小步跑在卡拉納格身後，並用氣音喊：「卡拉納格！卡拉納格！帶我跟你一起走，卡拉納格啊！」大象安靜的轉過身，在月光下向男孩跨了三大步，垂下象鼻，把男孩撈到脖子上，小圖瑪依還沒坐穩，卡拉納格就已經悄然走進了森林裡。

這時候，那一排大象又突然發出了巨大的象鳴，接著寂靜接管了夜晚，卡拉納格開始向前走。有時候會有高高的野草刷過他的身側，如同海浪捲過船身，又有時候會有花椒藤刮過他的背，或者會有竹子在擦過他的肩膀時發出吱嘎聲。但是除了這些時刻，他行走時沒有發出半點聲響，像是一陣輕煙一樣飄忽的穿越了濃密的加洛叢林。他正往上坡走，但是，雖然小圖瑪依一直透過林間的縫隙看著星星，他依然不知道他們往哪個方向走。

卡拉納格走到了山丘頂端，在那裡逗留了一分鐘，小圖瑪依能看見下方毛茸茸又斑斑點點的一片樹海在月光下綿延了好幾公里，山谷底的河面上有藍灰色的霧氣飄蕩。小圖瑪依往前靠了靠，仔細看，他能感覺到下方的森林正在甦醒——甦醒過來、活過來、變得擁擠。一隻巨大的棕色果蝠從他耳邊呼嘯飛過，樹叢裡傳來了豪豬的吱吱叫聲，他聽見一隻野豬在林間的黑暗中一邊用力挖掘潮溼溫暖的土壤，一邊嗅聞。

接著，他頭頂上的樹枝再次閉合，卡拉納格開始往下進入山谷——這次的過程一點也不安靜，他就像走火的槍枝一樣下了斜坡，而且是一衝到底。他像是活塞機器一樣穩定的移動巨大的四肢，每一步的距離都是一公尺，他膝關節上的皮膚皺摺不斷快速張合。兩側的灌木發出了類似帆布被撕裂的聲音，被他用肩膀往旁邊擠開的細枝條一根根回彈，打在他的側腹上。在他不斷左右搖晃頭顱、清出一條道路時，一根根互相纏繞的粗壯藤蔓掛在了他的象牙上。小圖瑪依緊緊趴在他的巨大脖子上，以避免被來回彈動的粗樹枝打到地上去，這時候，他真希望自己能馬上回去營地的大象隊伍中。

地上的草變得愈來愈柔軟，卡拉納格每踏出一步，他的腳就會「噗嗤」一聲往下陷，山谷底部的夜晚霧氣讓小圖瑪依覺得有點冷。這時候他聽到了卡拉納格一腳踩進水中的潑濺聲，也聽到了淙淙溪水聲，卡拉納格大步走過河床，每走一步都會確認自己的位置不至於遭遇危險。除了水流經象腿時發出的嘩嘩流水聲之外，小圖瑪依聽到上下游都傳來了更多踩踏河流時的水花潑濺聲，還有低鳴聲與生氣的噴氣聲，四周的霧氣中似乎充滿了許多不斷捲動搖曳的影子。

「啊！」他牙齒打顫的自言自語道。「象群今晚都出來了。所以，今晚他們真的要跳舞。」

▲小圖瑪依緊緊趴在他的巨大脖子上，
以避免被來回彈動的粗樹枝打到地上去。

卡拉納格嘩啦一聲踏出河流，把象鼻裡的水都吹出來，再度往山上走去。但是這次他不是獨自爬山了，也無須自己開拓道路。他面前已經有一條兩公尺寬的現成道路了，道路上彎折的叢林野草正努力試著恢復原狀、直起草莖。一定有許多大象在幾分鐘前才從這條路經過。小圖瑪依回過頭看，他身後有一隻巨大的野象，小小的眼睛像燒紅的煤炭一樣熠熠閃亮，才剛從那條霧氣瀰漫的河流中起身。接著樹木又再次密合，他們繼續往上，一邊發出象鳴一邊撞壞樹木，四面八方都是樹枝折斷的聲響。

最後，卡拉納格在山丘頂的兩個樹樁之間停下來不動了。他們面前是一片大約一、兩公頃大的不規則空地，旁邊圍繞著一圈樹，他們就站在那圈樹之中，小圖瑪依能看見的地面，全都被踩得像磚頭地板一樣結實。有些樹長在那片空地的中央，但是樹皮都被磨到不見了，下方的白色木頭在斑駁的月光下顯得光亮平整。高高的樹枝上掛著許多爬藤植物，上面有許多像鐘形牽牛花一樣，光滑且巨大的白花垂掛在藤蔓上沉睡。但是在空地中，一根綠色的雜草都沒有，只有被踩過的泥土。

月光把一切都照射成了鐵灰色，唯有站在月光下的幾隻大象身下的陰影是墨汁一般的黑色。小圖瑪依屏住呼吸看著空地，眼睛都快從眼眶裡掉出來了，在他看著空地的同時，有愈來愈多、愈來愈多大象搖搖擺擺的從樹幹之間走進空地。小圖瑪依只會數到十，他用手指數了一遍又一遍，直到他數不清為止，他覺得暈頭轉向。他聽見空地之外有大象正爬上山丘，發出踩碎灌木的聲音，但是他們一旦走進了這片由樹木圍繞起來的空地，移動時就變得像鬼魂一樣。

空地上有象牙潔白的野生公象，他們脖子的皺紋和耳朵的折痕中有許多落葉、堅果和樹枝；有行動緩慢的肥胖母象，幾隻約一公尺高的粉灰色小象在母象的肚子下東奔西跑；有才剛開始長象牙並引以為豪的年輕大象；有骨瘦如柴的老母象，她們臉龐凹陷、表情不安，象鼻看起來像粗糙的樹皮；有野蠻的老公象，他們從肩膀到腹側都有過去打鬥留下的巨大傷疤和硬皮，獨自進行泥巴浴後留下的乾裂泥塊不時從他們的肩上落下；有一隻大象的一支象牙斷了，他身體側邊有受過非常嚴重的傷之後留下的疤痕，那是老虎爪子留下的可怕抓傷。

有些大象頭靠著頭站著不動，有些則兩兩成對在空地上來回行走，還有一些則獨自前後搖擺——這裡有好多、好多群大象。

小圖瑪依知道，只要他靜靜趴在卡拉納格的脖子上就不會有事。因為就算在刻答內的野象四處衝撞亂跑時，他們也從來沒有舉起象鼻，把已馴化的大象脖子上的人拉下來過，而且這天晚上，這些大象的腦海裡根本沒有人類。他們一度因為聽到鐵鍊的噹噹聲而嚇了一跳，把耳朵往前翻，但那只是彼得辛閣下的寵物大象帕彌妮，她腳上有一小節鐵鍊，正一路拖著鍊子低鳴喘氣著爬上山坡。她想必是把木樁扯壞了，直接從彼得辛閣下的營地走到這裡來。小圖瑪依還看到了另一隻背上和胸前有深深的繩子擦傷痕跡的大象，不過他不認識這隻大象。他一定也是從山丘另一邊的某個營地裡跑出來的。

最後森林裡再也沒有大象行動的聲響，卡拉納格從原本樹中的位置慢慢走到了象群之中，發出咯咯聲與低鳴聲，接著所有大象都開始用自己的語言說起話來，並四處走動。

小圖瑪依趴在象脖子上，他往下看著許許多多寬闊的象背、搖動的耳朵、晃蕩的象鼻和圓滾滾的小眼睛。他聽見他們擦肩而過並意外撞到象牙時發出的脆響、象鼻搓動時的乾燥沙沙聲、巨大的肩膀與身側彼此摩擦時的刮擦聲，還有粗粗的尾巴不斷彈動的嘶嘶聲。接著一朵雲飄過來遮擋住月亮，他在一片黑暗中坐在象背上。不過輕巧而穩定的摩擦聲、推擠聲與低鳴聲依然持續傳來。他知道卡拉納格身邊都是大象，也知道自己不可能讓卡拉納格退出這場集會。他只能咬緊牙關、不斷發抖。

在刻答中至少還有火把的亮光與喊叫聲，但是在這裡，他只能獨自待在黑暗中，中途還曾經有舉起的象鼻摸到了他的膝蓋。

然後，一隻大象發出了巨大的象鳴，其他大象也跟著一起大吼了起來，持續了可怕的五至十秒。在伸手不見五指的黑暗中，頭頂的樹葉上，露水像是雨水一樣灑落，接著他們開始發出單調的低鳴，一開始聲音不大，小圖瑪依不太確定這是怎麼回事。但是低鳴聲愈來愈響，這時卡拉納格抬起了一隻前腳，接著又抬起第二隻前腳，再把兩隻腳一起往地板上一跺——就像機械錘子一樣規律，一、二、一、二。現在所有大象都跺起了腳，聽起來就像在洞穴入口搥打戰鼓。樹上的露水紛紛落下，直到再也沒有露水為止，低鳴還在持續、地面搖晃顫抖，小圖瑪依把手放在耳朵上阻隔聲音。但是這些巨大的聲音直接穿透了他的身體——這是數百隻沉重的象腿一起用力踩踏泥土地帶來的震動。他在期間曾有一、兩次感覺到卡拉納格和其他大象一起往前跨了幾步，這時踩踏的聲音會轉變，變成充滿汁液的綠色植物被踩扁的脆響，但是一、兩分鐘過後，他又會再次聽到象腳踩在堅實泥土地的聲音。他附近的一棵樹發出了彎折的吱嘎聲。他伸出一隻手，想要摸摸樹皮，但是這時候，卡拉納格又一邊跺腳一邊往前走了，小圖瑪依不知道自己在空地的哪個位置。其他大象一聲都沒有叫，途中只有兩、三頭小象一起發出過一次尖聲鳴叫。接著，他聽到了撞擊聲和移動聲，然後跺腳聲又繼續響起。這個跺腳的過程一定至少持續了兩個小時，小圖瑪依覺得自己的每根神經都在痛。但是他能從夜晚的空氣中聞出來，黎

▲小圖瑪依往下看著許許多多寬闊的象背。

明快要到來了。

破曉時，一片薄薄的淺黃色光芒從綠色的山丘後方破雲而出，在第一道光線出現時，跺腳聲就停止了，彷彿陽光就是指令。在小圖瑪依一片渾沌的腦袋清明過來之前，在他連姿勢都還沒有移動之前，空地的大象都走光了，只剩下卡拉納格、帕彌妮和那隻被繩子擦傷的大象，整片山丘上沒有任何沙沙聲或叫聲能讓小圖瑪依知道其他大象往哪裡走了。

小圖瑪依用力盯著眼前的空地。他回想著昨晚的景象，發現這片空地在這個晚上變大了。空地中矗立的樹變多了，但是邊緣的樹叢和叢林雜草都往外退了一些。小圖瑪依又用力看了看。現在他了解大象為什麼要跺腳了。跺腳能清出更多空間——他們把茂密的雜草和充滿汁液的枝條都踩成碎塊，又把碎塊踩成碎片，再把碎片踩成小纖維，最後把小纖維踩進堅硬的泥土裡。

「哇！」小圖瑪依說，他覺得眼皮沉重。「卡拉納格，叢林之王啊，讓我們跟著帕彌妮去彼得辛閣下的營地吧，否則我就要從你的脖子上掉下來了。」

第三隻大象看著兩隻大象離開後，也用鼻子噴了噴氣、轉過身，走上屬於他的那條路。他或許來自八、九十公里，甚至一百六十公里之外的某個當地小國王的宮殿。

兩小時後，在彼得辛閣下吃著早餐時，前一天晚上被纏上兩圈鎖鍊的大象開始發出象鳴，這時肩膀都是泥濘的帕彌妮帶著卡拉納格，邁著蹣跚的步伐走入營地。

小圖瑪依的臉上青一片、紫一片，他被露水沾溼的頭髮上都是葉子，但他還是試著對彼得辛閣下行禮，虛弱的高聲說：「跳舞——大象——跳舞！我看到了，然後——我死了！」卡拉納格坐下時，小圖瑪依便昏死過去，從他的脖子上滑了下來。

但是，由於印度小孩的膽子都很大，所以不到兩個小時後，他就心滿意足的在彼得辛閣下的吊床上醒來，身上蓋著狩獵大衣，喝下了一杯摻了一點白蘭地的牛奶，又喝了一點奎寧。等到叢林裡那些滿臉大鬍子、滿身傷疤的老獵人在他面前圍坐了三圈，像看著神靈一樣看著他時，他便用小孩子的簡短語句說了他的故事，最後以這段話結尾：「如果你們覺得我說了任何謊話，就派人去看，他們會發現大象把他們的舞池踩得更大了，他們會發現一個十個、兩個十個和許多個十個足跡都是通往舞池的。他們用腳製造出更多空間。我看到了，卡拉納格帶我過去的；我看到了，而且卡拉納格的腳都走瘦了！」

小圖瑪依躺回吊床上，睡了一整個下午，一直睡到黃昏，彼得辛閣下和馬恰阿帕趁他睡著時沿著兩隻大象的足跡走了二十四公里、穿越了山丘。彼得辛閣下花了十八年的時間抓捕大象，他只找到這種舞池一次。馬恰阿帕根本不需要動腳去踩這片緊密結實的土壤，只要看這塊空地一眼，就能看出這裡發生了什麼事。

「那孩子說的是實話。」他說。「這些都是昨晚踩出來的，我在過河之後算了算，有七十個足跡。看啊，閣下，那棵樹的樹皮上有帕彌妮的鐵腳鐐刮出的痕跡！沒錯，她也在這裡。」

他們對視了一眼，又上上下下看了看四周，思考起來。這是因為大象的行為已經超越了人類——無論是黑人還是白人——的智慧所能理解的程度了。

「四十五年，」馬恰阿帕說，「我花了四十五年追蹤我的叢林之王——大象，但是我從來沒有聽說過任何人類小孩見過這孩子見過的景象。我可以用山丘眾神為名發誓，這真是……我們還能說什麼呢？」他搖搖頭。

他們回到營地時，正好是晚餐時間。彼得辛閣下獨自在帳棚裡吃晚餐，但是他下了命令，要營地的人殺兩頭羊和幾隻雞，而且今晚能吃的麵粉、米和鹽的份量都要加倍，因為他知道今天晚上他們會大肆慶祝。

大圖瑪依從平地的營地跑過來找他的兒子和大象，當他找到兒子與大象後，卻用似乎很害怕的表情看著他們。眾人在熊熊燃燒的營火旁吃起了大餐，一旁是整排被綁在木樁上的大象，小圖瑪依是所有人心目中的英雄。高大的棕皮膚捕象人、追象人、馴象人、套繩人，還有那些熟知馴服野象祕訣的人，全都把小圖瑪依舉起來，把他從這個人手上傳到下一個人手上，他們用新殺的叢林野雞胸口的血在他的額頭畫上記號，藉此顯示他是屬於叢林的人，他被叢林所接納，在所有叢林都能自由行動。

最後營火熄滅了，木材的紅光使大象看起來就像浸泡在鮮血之中，參與刻答捕象行動的馴象人領袖馬恰阿帕——身為彼得辛閣下分身的馬恰阿帕，在過去四十年來從來沒見過任何一條人造道路的馬恰阿帕，偉大到除了馬恰阿帕之外沒有其他名字的馬恰阿帕——他跳了起來，把小圖瑪依高舉過頭頂，高喊：「聽好了，我的兄弟。聽好了，我列隊站在這裡的叢林之王。因為我馬恰阿帕有話要說！這個小傢伙不該再被稱做小圖瑪依了，我們應該稱他叫『象群的圖瑪依』，跟他曾祖父的稱號一樣。他在漫漫長夜見證了沒有人類見過的場景，象群與叢林眾神都賜予他恩惠。他將成為偉大的追象人，他將成為比我馬恰阿帕還要更偉大的追象人！他將用清澈的眼睛追蹤新足跡、舊足跡和混雜的足跡！他將進入刻答，在他們的肚子底下奔跑、綁住他們的象牙，並且不受半點傷害。如果他在衝刺的公象面前跌倒了，公象將會知道他是誰，因此不會傷害他。啊哈咿！上了鎖鍊的叢林之王們，」他拔腿跑到了鍊住象群的那排木樁前，「他就是曾在你們的祕密地點看過你們跳舞的

▲「為象群的圖瑪依。歡呼！」

人——他見過人類從沒見過的景象！我的叢林之王啊，賜予他榮耀！我的叢林之王啊，沙浪姆卡落！對象群的圖瑪依行禮吧！貢加波薛得，啊哈！西拉古吉、伯奇古吉、柯塔耳古吉，啊哈！帕彌妮——妳在跳舞時看到他了，還有象群中的珍寶卡拉納格，你也一樣！啊哈！一起！為象群的圖瑪依。歡呼！」

在他最後一聲狂野的呼喊中，整排大象都揚起了象鼻，直到鼻尖碰到額頭，高吼著以最高規格行禮——只有印度總督才聽過如此震耳欲聾的洪亮象鳴，這就是刻答的最高規格行禮。

但是他們是為了小圖瑪依行禮的，他見過沒有任何人類見過的景象——他在夜晚獨自一人在加洛丘陵中心，見證了大象跳舞！

〈濕婆與蚱蜢〉（小圖瑪依的媽媽唱給寶寶聽的歌）

濕婆，他降下豐收，使風陣陣吹過，
許久以前的某一天，他坐在門口，
給所有生物應有的生活，食物、命運還有工作，
從寶座上的國王，到大門口的乞丐，
　他創造了一切——保護之神濕婆。
　瑪哈迪歐！瑪哈迪歐！他創造一切——
　荊棘給駱駝，乾糧給黃牛，
　而母親的心給想睡的瞌睡蟲，我的小兒子喔！

他給有錢人小麥，給窮人小米，
把殘羹剩飯給挨家挨戶乞討的聖人；
家畜給老虎，屍體給鳶鳥，
碎肉和骨頭給夜裡只能露宿的邪惡狼群，
他不覺得任何生物比較高尚，也從來不會看低——

他身旁的神妃帕瓦蒂看著動物來來去去；
她想要捉弄丈夫，對濕婆惡作劇——
她偷走了小蚱蜢，藏在胸膛裡。
所以她捉弄了他，保護之神濕婆。
瑪哈迪歐！瑪哈迪歐！轉過身來看看。
高䠷的是駱駝，沉重的是黃牛，
但是蚱蜢是很小、很小的生物，我的小兒子喔！

等他分配完後，她哈哈大笑著說，
「大人，在這百萬張嘴之中，難道沒有任何一個遺漏？」
濕婆笑著說：「所有生物我已一一分配，
就連他，藏在妳心臟旁的小東西也相同。」
小偷帕瓦蒂從胸膛裡掏出蚱蜢，
她看到這好小好小的生物，拿到一片新長的綠葉！
在看見之後，她既恐懼又驚奇，便對濕婆祈禱，
濕婆給了所有生物應有的食物。

他創造了一切——保護之神濕婆。
瑪哈迪歐！瑪哈迪歐！他創造一切——
荊棘給駱駝，乾糧給黃牛，
而母親的心給想睡的瞌睡蟲，我的小兒子喔！

7

女王陛下的僕人

〈女王陛下的僕人〉

你可以用分數或簡單的比率解決它，
但是特多噹的解法，其實不同於特多叮[1]。
你可以扭轉它、你可以翻動它、
你可以折疊它直到你放棄，
但是噹噹咚咚的節奏，其實不同於咚咚叮叮！

1 譯注：特多噹和特多叮是《愛麗絲夢遊仙境》續集中的一對雙胞胎。

整整一個月都下著滂沱大雨——雨水落在軍營中，軍營裡容納了三萬名男人、數千隻駱駝、大象、馬匹、閹牛和驢子，他們全都聚集在一個名叫拉瓦平迪的地方，準備讓印度總督視察。印度總督正在接待一位來訪的阿富汗國王（這位阿富汗國王是來自野蠻國度的野蠻國王，他帶著八百名男人組成的護衛隊和馬匹，這些人和馬這輩子都沒有見過軍營和火車），他們是來自中亞的野蠻人和野蠻馬匹。每天晚上都一定會有某匹阿富汗國王的馬失去理智、掙脫繩索，在一片黑暗的軍營裡踩著滿地泥濘到處走，又或者會有駱駝拉斷牽繩、四處亂跑，被帳棚的繩子給絆倒。所以你能想像，這對於那些在帳棚裡睡覺的人來說，是多麼令人開心的一件事。我的帳棚距離駱駝很遠，所以我一直以為這裡很安全。但是這天晚上，有個人把頭探進來大喊道：「出來，快點！他們來了！我的帳棚沒啦！」

我很清楚「他們」是誰，所以我穿上靴子和雨衣，衝進帳棚外的淤泥中，我的獵狐梗犬小維克辛則從帳棚的另一邊跑出來。就在這個時候，旁邊傳來了一陣咆哮、喘息與怒吼，我看到帳棚的支架斷了，整座帳棚倒塌下來，開始像一隻發狂的鬼魂一樣胡亂舞動。一隻駱駝不小心衝進帳棚裡了，儘管我全身溼透又怒氣衝衝，卻還是忍不住大笑了起來。接著我繼續往前跑，因為我不知道還有多少匹駱駝掙脫了繩索，沒過多久，我就靠著在泥巴中努力滑行，走到了看不到任何帳棚的地方。

▲一隻駱駝衝進了我的帳篷。

最後，我終於被一座大砲的尾端絆倒了，因此我知道這裡應該很靠近砲兵晚上收起大砲的位置。我不想要在黑漆漆的一片細雨中繼續踩著泥水前進了，所以我把雨衣放在其中一座大砲的砲口上，找了兩、三支推彈器搭了一個臨時的小棚子，並靠著另一座大砲的尾端躺下，想著維克辛跑到哪裡去了，我現在又在什麼地方。

就在我快要入睡時，我聽到了一陣馬鞍敲擊聲與哼聲，接著一隻騾子一邊甩動溼淋淋的耳朵一邊走過我身邊。我能聽見他的馬鞍上各種袋子、拉環、鍊條等東西互相撞擊的聲音，所以我知道他是螺紋砲兵連的騾子。螺紋砲是一種威力不賴的小型火砲，平時分成兩部分，需要使用時再利用上面的螺紋把兩部分組裝起。只要騾子找得到可以行走的地方，就能帶著螺紋砲過去，而騾子很擅長在充滿崎嶇岩石的山上行走。

騾子後面跟著一隻駱駝，他巨大柔軟的四隻腳吧嗒吧嗒踩進泥巴中時不斷滑動，同時不停像隻迷路的母雞一樣前後擺動脖子。幸運的是，我從當地人那裡學會了動物的語言。當然了，我懂的不是野生動物的語言，而是營地動物的語言，因此我聽得懂他在說什麼。

他一定就是跌進我的帳棚的那隻駱駝，因為我聽到他對騾子大喊：「我該怎麼辦？我該去哪裡？我剛剛才跟一個輕飄飄的白色東西搏鬥過，那個東西拿著棍子打了我的脖子。」（那根棍子應該是我斷掉的帳棚竿，我很高興桿子打中了他）「我們要繼續逃跑嗎？」

「喔，是你啊，」騾子說，「就是你和你的朋友在營地裡作亂吧？好了。雖然等到早上你們一定會被好好打一頓，但是我現在就想教訓你一頓。」

我聽到馬鞍叮噹作響的聲音，驢子後退了幾步，踢了駱駝的肋骨，發出像是打鼓一樣的聲音。「這麼一來，」他說，「你以後就會知道不該在大半夜跑進騾子兵連大喊著：『有小偷！失火了！』坐下，別再動你的蠢脖子了。」

駱駝照著他們的物種習性，像折尺一樣折疊四肢、坐了下來，低低哭泣。黑暗中傳來了一陣規律的馬蹄聲，一匹騎兵馬小步跑了過來，他的步伐穩定得就像在列隊行進，他縱身跳過了一座大砲的尾端，降落在騾子身旁。

「真是太丟臉了。」他噴著氣說。「那些駱駝又跑到我們的隊伍裡大吵大鬧了，這已經是這個星期第三次了。一匹馬要如何在無法好好睡覺時保持良好的狀態呢？是誰在這裡？」

「我是第一螺紋砲兵連第二大砲的後膛騾子，」騾子說，「另一位是你也認識的好朋友，他也把我吵醒了。你是哪位？」

「第九騎兵連第五隊的十五號——狄克．康利夫的馬。往那邊站過去一點。」

「喔，不好意思。」騾子說。「這裡太黑了，什麼都看不清楚。這些駱駝真是做什麼都討人厭，不是嗎？我離開隊伍就是希望能在這裡獲得一點寧靜。」

「大人，」駱駝謙卑的說，「我們在晚上作了噩夢，所以我們很害怕。我只是一隻來自當地第三十九步兵連的駱駝，我沒有你們勇敢，大人。」

「看在木樁的份上，你們為什麼不留在第三十九步兵連好好背行李，要在營地裡到處亂跑呢？」騾子說。

「那些噩夢真的很恐怖。」駱駝說。「我很抱歉。你們聽！那是什麼東西？我們是不是要趕快繼續逃跑？」

「坐好，」騾子說，「否則你會在大砲之間摔斷你的大長腿。」他豎起一隻耳朵，仔細傾聽。「閹牛！」他說，「是拉大砲的閹牛。我敢保證，你和你的朋友幾乎把整個軍營的生物都吵醒了。能吵醒拉大砲閹牛的騷動絕對非同小可。」

我聽到了鐵鍊在地面上拖行的聲音，兩頭悶悶不樂的白色大閹牛肩並肩的走了過來，當大象不願意靠近前線時，就必須改由閹牛拖著沉重的攻城大砲往前線走。他們後面緊緊跟著一隻幾乎要踩到鐵鍊的另一隻騾子，他正失控的大叫著：「比利！」

「那是我們連上的騾子。」老騾子對騎兵馬說。「他在叫我。過來，小傢伙，別再亂叫了，目前為止還沒有生物曾被黑暗傷害過。」

大砲閹牛一起躺下來，開始咀嚼反芻的食物，年輕騾子則緊緊靠到比利身邊。

「那些東西！」他說。「比利，那些又嚇人又恐怖的東西！他們在我們睡覺的時候跑到我們的隊伍中了，你覺得他們會把我們殺掉嗎？」

「我很想給你一頓最高等的踢擊。」比利說。「你這隻足足有十四掌那麼高，又受過訓練的騾子，在這位紳士面前丟盡了我們連的臉！」

「別那麼兇、別那麼兇！」騎兵馬說。「你要記得，他們剛開始時總是如此。我第一次看到人類時（那是我三歲時在澳洲發生的事）足足跑了半天，要是我當時看到的是駱駝，想必直到現在都還在狂奔呢。」

幾乎所有英國騎兵的馬都是從澳洲帶來印度，並由騎兵親自訓練的。

「你說得沒錯。」比利說。「小傢伙，別再發抖啦。我第一次戴上你背上那些充滿奇怪皮帶的馬鞍時，還用前腳站起來不斷用後腿猛踢，想把這東西甩掉呢。我當時還沒有學會真正的踢腿技術，不過那時連上的騾子都說，他們從來沒有見過一隻騾子像我這樣踢腿的。」

「但是今天的東西既不是馬鞍也不是叮噹響的東西啊。」年輕騾子說。「你很清楚，我現在不在意那些東西了，比利。我說的那個東西長得像樹，他們在部隊裡到處亂跑、製造混亂。我頭上的韁繩都斷了，我找不到騎師也找不到你，比利，所以我跟著這些——這些紳士一起跑過來了。」

「哼！」比利說。「我一聽到駱駝跑出來就靜靜走到這裡來了。當一隻騾子——尤其是一隻螺紋砲兵連的騾子，把大砲閹牛稱作紳士的時候，這隻騾子想必已經嚇暈頭了。你們這些趴在地上的牛是從哪裡來的呢？」

大砲閹牛咬了咬口中反芻的食物，異口同聲的回答：「大砲連第一砲兵的第七

▲騎兵馬說：「大家都能原諒因為在夜晚看到無法理解的事物而害怕。」

牛軛。駱駝來的時候我們在睡覺，但是當他們踩到我們的時候，我們就站起來離開了。在泥巴地裡安安靜靜的趴著，總好過在舒適的睡覺位置被打擾。我們告訴過你的這位朋友，沒有什麼好害怕的，但是他聰明到不願意改變自己的想法。哈！」他們繼續咀嚼。

「這就是害怕的後果。」比利說。「你被大砲閹牛嘲笑了。孩子，希望你還享受這種感覺。」

年輕騾子牙齒打顫，我聽見他說了一些話，大概是在說明他絕不會害怕這個世界上任何一頭強壯老閹牛等等。但是閹牛只是彼此輕輕敲擊牛角，繼續咀嚼。

「好了，千萬別在害怕之後感到生氣。那是最糟糕的懦弱表現。」騎兵馬說。「我想，大家都能原諒因為在夜晚看到無法理解的事物而害怕。我們這四百五十匹騎兵馬就曾經一次又一次掙脫繩索，只因為一匹新來的馬一直對我們敘述有關澳洲家鄉的鞭蛇故事，我們全都嚇得半死、失去理智。」

「在軍營裡這都算是小事。」比利說。「如果我有一、兩天沒有被放出來走走，我倒是很樂意為了好玩掙脫繩索跑出來。不過你現在的工作是什麼呢？」

「喔，這又是另一回事了。」騎兵馬說。「工作時狄克．康利夫會坐在我背上，用膝蓋夾住我，我要做的就只有看清楚自己的腳要踩在哪裡、舉起前腳、讓後腳乖乖保持在身下，並聽從韁繩指揮就可以了。」

「韁繩指揮是什麼？」年輕的騾子說。

「看在澳洲內陸藍桉樹的份上，」騎兵馬哼了一聲道，「難道你從來沒有被教導過如何在工作時聽從韁繩指揮嗎？如果你不懂得如何在韁繩壓住脖子時立刻轉彎，你要怎麼工作呢？這對你的主人來說是生死攸關的事情，對你來說當然也是一樣。在你感覺到脖子上的韁繩時，就要立刻舉起前腳，用身下的後腳轉向。如果你沒有空間原地轉向，那就後退一點點再用後腳轉圈。這就是聽從韁繩指揮的意思。」

「人類不是這樣教導我們的。」騾子比利頑固的說。「他們教導我們要聽從面前的人指揮：他說要後退就後退，他說要前進就前進。我想這麼做最後應該也會有同樣的結果。好了，聽從韁繩指揮和後退這麼厲害的工作想必對你的關節有害，那麼你實際上到底要做什麼？」

「這要看當時的狀況。」騎兵馬說。「通常我必須跑進那些不斷吼叫、滿臉是毛又拿著刀的人群中——他們拿的刀又長又亮，比釘蹄師的刀還可怕——然後我必須小心的讓狄克的靴子正好和別人的靴子輕輕擦過，不能讓兩隻靴子彼此撞擊。我能用右眼看到狄克的標槍在我的右側，因此我知道自己很安全。當狄克和我匆匆往前跑時，我絕不想成為擋在我們面前的人或馬。」

「被刀子刺到不是很痛嗎？」年輕的騾子說。

「嗯，我被刀子劃傷胸口過，但那不是狄克的錯……」

「如果會痛的話，我絕對會很在意那是誰的錯！」年輕騾子說。

「絕對會。」騎兵馬說。「如果你不相信你的騎師，你可能會立刻轉身跑掉。有些騎兵馬就是這麼做的，我也不怪他們。但是正如我剛剛說的，那不是狄克的錯。當時有個男人躺在地板上，我拉長身體想要避免踩到他，結果他向上砍了我一刀。要是再遇到躺在我面前的人類，我一定會直接踩他，而且要用力踩下去。」

▲騎兵馬說：「有個男人躺在地板上，我拉長身體想要避免踩到他，
結果他向上砍了我一刀。」

「哼！」比利說。「聽起來很蠢。無論何時刀子都是卑鄙的東西。我們真正該做的事是背著左右平衡的馬鞍爬上山去，同時也要靠著四肢和耳朵保持平衡，一路上都要躡手躡腳、小心翼翼的行動，直到來到比任何人都高上數百公尺的地方，再找一個正好能讓你安放四隻蹄子的突出岩石。然後你必須靜止不動、保持安靜——孩子，這時候不該讓人類花時間抓你的韁繩——保持安靜，直到他們把大砲組裝好，你就可以欣賞小小的罌粟炸彈向下墜落，掉在遙遠的樹頂上的樣子了。」

「你沒有被絆倒過嗎？」騎兵馬說。

「他們都說要是騾子被絆倒，母雞也能長出能夠切下來的耳朵了。」比利說。「有時候馬鞍上的重量分配不平均，或……或許會讓騾子失去平衡，但是這種狀況非常少見。真希望我能讓你知道我們的工作是什麼樣子。真是棒極了。天啊，我花了整整三年才明白那些人類在做什麼。這份工作的守則就是絕對不要出現在稜線上，如果你走在稜線上就有可能會被別人開槍打中。孩子，記清楚了。就算你必須從原本的路線往外偏離一．六公里遠，都要盡可能的躲藏起來。我常在執行這一類的爬山工作時負責帶隊。」

「也就是說，對方向你們開槍時，你們沒有機會衝向開火的人嘍！」騎兵馬一邊說，一邊苦思冥想。「我受不了這種工作。我還是想要衝鋒陷陣，跟狄克一起。」

「喔，不，不是這樣的。一旦大砲就位之後，就由它們負責衝鋒陷陣了。這種做法非常有條理。但是刀子呢——呿！」

那隻負責搬運貨物的駱駝從剛剛開始就一直前後搖擺腦袋，緊張兮兮的想要插話。接著我聽到他清了清喉嚨，焦急的說：「我、我、我也打過一點仗，但是不是爬山，也不是衝刺。」

「這樣啊。」比利說。「既然你提起了，我就不得不說，你看起來不像是適合爬山或衝刺的樣子，至少看起來沒辦法堅持太久。好啦，這位稻草捆先生，你是怎麼打仗的呢？」

「用適合的方式打仗。」駱駝說。「我們全都要坐下來——」

「喔，看在馬鞍帶和胸甲的份上！」騎兵馬低聲說。「坐下來？」

「我們坐下來——總共有一百隻駱駝，」駱駝繼續說，「我們圍坐成正方形，人類會把我們的行李和鞍座都堆在正方形外面，他們會越過我們的背往四面八方開火。」

「哪些人類？他們有跟著過來嗎？」騎兵馬說。「人類在馬術學校也教過我們如何躺下來，讓主人能越過我們開火，但是我只相信狄克能做到。這麼做會讓我的肚子很癢，而且頭放在地上的時候我什麼都看不到。」

「讓什麼人越過你開火有什麼差別嗎？」駱駝說。「附近有好多人類和好多其他駱駝，還有好多好多煙霧。我當時一點也不害怕，只是靜靜的坐在那裡等待。」

「然而，」比利說，「你不過作了一個噩夢，就在大半夜把全軍營的人都吵醒了。厲害！太厲害了！在我躺下來或坐下來，讓人類越過我開火之前，我必須先讓自己的後腳跟和他的頭好好聊一下。你們以前聽過這麼可怕的事情嗎？」

他們沉默許久，接著其中一頭大砲閹牛抬起頭說：「這真是太蠢了。打仗只有一種方式。」

「喔，請說。」比利說。「拜託你不要在意我。我想你們應該都是站在尾巴上打仗的吧？」

「只有一種方式。」兩頭閹牛異口同聲的說。（他們一定是雙胞胎。）「只有這種方式。那就是在『兩支尾巴』大叫的時候，馬上把二十對閹牛帶到大砲旁。」

（他們在營地把「兩支尾巴」當作對大象的俗稱。）

「兩支尾巴為什麼要大叫？」年輕騾子說。

「他在告訴人類他不會再往另一邊的煙霧靠近了。兩支尾巴是最懦弱的懦夫。這時我們就會一起拖著大砲前進——嘿呀——呵呀！嘿呀！呵呀！我們不像貓一樣會爬樹，也不像小牛一樣會衝刺。我們這二十對閹牛會穿越平坦的草原，直到他們再次替我們卸下肩上的牛軛，這時候我們會到一旁吃草，同時大砲會對著平原另一頭矗立著泥牆的城鎮說話，讓泥牆碎裂倒下，使煙塵揚起，就像有一大群牛跑回家時帶起的煙塵。」

「喔！你還特別選擇在那個時候吃草嗎？」年輕騾子問。

「那個時候或任何時候都可以。吃草很棒，我們會一直吃草，直到人類替我們再次套上牛軛，我們就把大砲拉回兩支尾巴等待我們的地方。有時候城市裡也會有大砲對我們回話，我們之中有些牛被殺掉了，這時候，剩下的閹牛就有更多草可以吃了。這就是命運──除了命運之外沒有其他解釋了。不管怎麼說，兩支尾巴都是最懦弱的懦夫。這就是最正確的打仗方法。我們的父親是濕婆的聖牛。我們在此發言。」

「啊，我今晚真是學到不少東西。」騎兵馬說。「兩位螺紋砲連的紳士，若你們被大砲瞄準，同時身後又有兩支尾巴的時候，願意去吃東西嗎？」

「我們願意的程度，就如同你要我們坐下來讓人類越過我們開槍，或者跑向拿著刀的人。我從來沒有聽過這種事，只要給我一塊山上的岩石、一個平衡的鞍座、一位你能信任並讓你挑選道路的指揮，我就能成為你的好騾子。至於其他打仗方式嘛——我絕不同意！」比利說著跺了跺腳。

「當然、當然，」騎兵馬說，「畢竟並非每種生物的出生背景都相同，據我所知，你父親那一邊的家庭懂得的事情並不多。」

「別提起我父親那一邊的家庭。」比利氣憤的說，因為每隻騾子都最痛恨別人提醒他們的爸爸是驢子。「我爸爸是一位南方紳士，他可以把任何經過他身邊的馬給撞倒，咬他、踢他，使他變成一團碎肉。你這隻棕色大布倫比最好記清楚這一點！」

「布倫比」的意思是沒有任何品種血統的野馬。你可以想像，如果一隻拖礦車的馬把「桑若兒」（血統尊貴的母種馬，專門繁殖輕型馬車賽的賽馬）稱做「蠢貨」時，血統馬會有什麼感覺，那種感覺就是澳洲馬現在的感受。我能看到他的眼白在黑暗中閃閃發光。

「給我聽好了，你這個西班牙馬拉加進口貨的蠢兒子，」他咬著牙關說，「我要讓你好好明白，我母親那邊的血統來自墨爾本賽馬大賽的冠軍卡賓，在我的家鄉，我們不會任憑你這種來自小玩具砲連、滿嘴蘿蔔又豬頭豬腦的騾子用這麼沒禮貌的方式和我們說話。你準備好接招了嗎？」

「舉起你的前腳吧！」比利尖叫。他們面對面用後腳直立起來，就在我以為將要見證一場猛烈大戰時，一道含糊又低沉的聲音從右邊的黑暗中傳了過來：「孩子們，你們為什麼要打架？安靜點。」

兩頭野獸一起嫌惡的噴了噴鼻子、放下前腳，因為無論是馬還是騾子都受不了大象的聲音。

「是兩支尾巴！」騎兵馬說。「真受不了他。前面和後面都有尾巴可不是什麼賞心悅目的景象！」

「我跟你有同樣的感覺。」比利說著，擠到騎兵馬身邊。「我們在某些方面其實很類似。」

「我想這些特質大概是從我們的媽媽那裡繼承來的。」騎兵馬說。「我們沒必要為此爭執。喂！兩支尾巴，你現在是被綁著的嗎？」

「是的，」兩支尾巴說著，用象鼻發出了一陣笑聲，「我晚上會被綁在木樁上。我聽到你們在聊天，但是別害怕，我不會過去你們那裡。」

閹牛和駱駝大聲說：「害怕兩支尾巴——真是胡說八道！」閹牛繼續說：「我們很抱歉你聽到我們說的話了，但是我們說的是真的。兩支尾巴，你為什麼會在大砲開火的時候害怕呢？」

「這個嘛，」兩支尾巴一邊說，一邊摩擦著後腿，就像上台演說的緊張小男孩，「我不太確定你們能不能聽懂。」

「我們不懂，但是我們必須拉大砲。」闇牛說。

「我知道你們不懂，而且我也知道，你們遠比你們想像的還要勇敢。但是這種勇敢和我不同，我們的連長之前說我是『不符合這個時代的厚皮生物』。」

「他的意思是你會用另一種方式打仗嗎？」比利說，他正在慢慢恢復精神。

「你們不知道那是什麼意思也是理所當然的，但是我知道。他的意思是我在模稜兩可的地帶徘徊，他說得沒錯。我能在腦袋裡看見炸彈爆炸時的情景，但是你們闇牛做不到。」

「我看得見。」騎兵馬說。「稍微看得見。我努力試著不去思考這件事。」

「我看見的遠比你還多，而且我會去思考這件事。我知道人類照顧我時必須花費很多心神，我也知道如果我生病了，不會有人知道要如何治療我。他們只會停止付錢給我的馴象師，直到我康復了才繼續付錢，而我根本不能信任我的馴象師。」

「啊！」騎兵馬說。「你這麼說我就懂了。我很信任狄克。」

「就算你把一整個軍團的狄克都放到我背上，也不會讓我覺得比較好過。我腦袋中看見的景象足以讓我感到不安，但是不足以讓我不顧那種不舒服的感覺繼續前進。」

「我們聽不懂。」閹牛們說。

「我知道你們不懂，我不是在跟你們說話，你們根本不知道血是什麼。」

「我們知道。」閹牛們說。「就是那種滿地一攤、一攤的紅色液體，會散發臭味。」

騎兵馬踢腿跳了起來，噴了噴氣。「別談這件事。」他說。「光是想到這件事，我就能聞到那個味道。那種味道讓我想要奔跑——只要狄克不在我背上就會這樣。」

「但是這裡明明沒有那些東西啊。」駱駝和閹牛說。「你怎麼那麼笨？」

「那是非常惹人厭的東西。」比利說。「我不想奔跑，但是我也不想討論那個東西。」

「這樣你們就懂了吧！」兩支尾巴一邊搖著尾巴，一邊解釋。

「懂得不得了。沒錯，我們已經在這裡待一整夜了。」閹牛說。

兩支尾巴用力跺步，腳上的鐵鍊叮噹作響。「喔，我根本不是在跟你們說話，你們根本沒辦法在腦袋裡看到任何東西。」

「沒錯。我們是用這四隻眼睛看東西的。」閹牛說。「我們看見的是前面的東西。」

「如果我和你們一樣，你們就不需要拖大砲了；如果我像我們的連長一樣——他可以在開砲之前就在腦袋裡看到那些景象，他會發抖，但是他了解的事情太多了，多到他不能逃跑——如果我和他一樣，我就可以拉大砲了。但是如果我真的和連長一樣聰明，我根本就不會來這裡。我會像以前一樣繼續當叢林之王，每天花一半的時間睡覺，隨心所欲的洗澡。我已經整整一個月沒有好好洗過澡了。」

「你說得都沒錯，」比利說，「但是你的連長幫你取了那麼長的名字，也沒有讓你變得比較好過。」

「噓！」騎兵馬說。「我覺得我聽懂兩支尾巴的意思了。」

「你再多想想，就會更了解了。」兩支尾巴氣憤的說。「現在輪到你來解釋，你們為什麼不喜歡這個！」他開始用最大的音量發出象鳴。

「別叫了！」比利和騎兵馬一起大叫，我能聽見他們正一邊跺腳一邊發抖。大象的象鳴總是令人害怕，在黑暗的夜晚中尤其如此。

「我就是要叫。」兩支尾巴說。「能不能麻煩你們解釋給我聽呀？吼——吼——吼——吼——！」接著他突然停了下來，我聽見黑暗中傳來一陣哀鳴，我馬上知道那是維克辛的聲音，她終於找到我了。她跟我一樣清楚，要說大象在全世界最害怕的東西，那一定就是小狗的吠叫聲。所以她停下腳步，開始欺負被綁在木樁上的兩支尾巴，對他的大腳狂吠。兩支尾巴拖著腳步發出尖叫。「小狗，走開！」他說。「別聞我的腳踝，否則我就要踢妳了。好狗狗——乖狗狗，好了！快回家了，妳這隻亂叫的小野獸！喔，為什麼沒有人過來把她帶走呢？她馬上就要咬我了。」

「我倒是覺得，」比利對著騎兵馬說，「我們的這位兩支尾巴朋友什麼都怕。要是我在閱兵的時候每踢一隻狗就能吃一頓大餐，我大概已經和兩支尾巴差不多胖了。」

我吹了吹口哨，維克辛跑到我身邊，她滿身泥巴，不斷舔我的鼻子，告訴我她怎麼在整個營地裡到處尋找我，還講了好久。我從來沒有讓她知道我聽得懂動物所說的話，要是她知道了，一定會開始胡作非為。所以我把她放在胸口、扣起大衣的扣子把她包住，這時候兩支尾巴開始跺腳走動，低吼著自言自語。

「棒極了！真是棒極了！」他說。「這是我們的家族遺傳。好了，那隻可惡的小野獸跑到哪裡去了？」

我聽到他用象鼻四處摸索。

「我們都會受到不同的事物影響，」他一邊用鼻子呼氣，一邊繼續說，「好了，我相信各位紳士已經在我發出象鳴的時候嚇到了吧。」

「確切來說，不是嚇到，」騎兵馬說，「是讓我覺得本來應該綁上鞍座的地方出現了好多隻大黃蜂。別再象鳴了。」
「我害怕小狗，駱駝害怕晚上的噩夢。」
「我們能各自用不同的方式打仗，真的非常幸運。」騎兵馬說。
「我想知道的是，」沉默許久的年輕騾子說，「我想知道的是，我們為什麼要打仗。」
「因為他們要我們打仗。」騎兵馬輕蔑的輕哼一聲。
「因為命令。」騾子比利說，他說話時牙齒發出清脆的撞擊聲。
「霍姆哈伊！」（這是命令！）駱駝咕噥著說。接著兩支尾巴和閹牛也重複道：
「霍姆哈伊！」
「你們說得沒錯，但是，是誰下的命令？」新入伍的騾子說。
「走在你前方的人類，或是坐在你背上的人類，或是牽著你鼻上韁繩的人類，又或是扭動你尾巴的人類。」比利、騎兵馬、駱駝和閹牛一個接著一個回答。
「但是又是誰下命令給那些人類呢？」
「孩子，你想知道的東西太多了，」比利說，「這會讓你被騾子踢的。你該做的就只有遵照走在你前面的人類下的命令，不要問問題。」
「他說得沒錯。」兩支尾巴說。「因為我有時候在模稜兩可的地帶徘徊，所以我無法總是服從命令。但是比利是對的，服從你身邊的人類下達的命令，否則你會讓整個連停下來，而且還會被毒打一頓。」

大砲閹牛站起來準備離開。「快要早上了。」他們說。「我們要回隊伍裡了。我們只能用眼睛看見面前的事物，也不是非常聰明，沒有錯，但是我們依然是唯一在今天晚上不感到害怕的生物。晚安了，各位勇士。」

沒有人回答，接著騎兵馬改變話題，說：「那隻小狗去哪裡了？有小狗就表示附近有人類。」

「我在這裡，」維克辛吠叫道，「在大砲尾端，跟我的人類在一起。你這個又大又蠢的駱駝野獸，你啊，你把我們的帳棚弄壞了。我的人類很生氣。」

「啊！」閹牛說。「他一定是個白人吧？」

「當然啦。」維克辛說。「不然你以為照顧我的會是負責駕駛閹牛的黑人嗎？」

「啊！喔哇！呃！」閹牛說。「我們快走吧。」

他們在泥巴中奮力前進，不知怎麼的把牛軛撞在一輛彈藥車上、卡住了。

「現在可好了。」比利冷靜的說。「別掙扎了，你們就這樣卡到天亮吧。你們到底在跑什麼？」

閹牛發出了印度牛特有的冗長嘶聲，努力往前走，又推、又擠、又扭、又跺步、又差點因為滑倒跌進泥巴裡，他們發出了粗啞的喘息。

「你們馬上就要把脖子扭斷啦。」騎兵馬說。「白人到底有什麼問題？我一直和他們一起住呢。」

「他們——會吃——牛肉！用力拉！」比較靠近的那頭閹牛說著，牛軛應聲斷裂，他們一起用笨拙的動作跑走了。

我一直不知道印度牛為什麼這麼害怕英國人。我們吃牛肉——印度的趕牛人從來不碰牛肉——難怪這些牛不喜歡我們。

「就算我的鞍座保護墊哪天變成了鞭子，我也不會猜到這種事！誰能想得到那兩座大山竟然會怕到這種程度呢？」比利說。

「別在意他們了，我要去看看這個男人。我知道通常白人都會在口袋裡帶些好東西。」騎兵馬說。

「那麼我就先走了。我對他們談不上有多喜愛，更何況沒有帳棚可以睡的白人很可能是小偷，我背上可是背著一大堆政府財產呢。走了，孩子，我們該回去隊伍裡了。晚安了，澳洲馬！我想我們會在明天閱兵時再見的。晚安了，老稻草捆！試著努力控制自己的感覺，好嗎？晚安了，兩支尾巴！如果你明天經過我們身邊的話，請不要象鳴。你會讓我們的隊伍亂掉的。」

騾子比利用老兵特有的神氣，拖著蹄子慢慢離開了，同時騎兵馬走了過來，用鼻子磨了磨我的胸膛，我給了他幾塊餅乾。這時候，全世界最自大的小狗維克辛開始對騎兵馬撒起小謊，說她和我養了好多馬匹。

「我明天會搭著我的狗車看閱兵。」她說。「你到時候會在哪裡？」

「我會在第二中隊的左手邊。我負責替騎兵連調控節奏，小小姐。」他彬彬有禮的說。「我必須回去找狄克了。我的尾巴上全都是泥巴，他要花上兩小時整理我的外表，讓我能去閱兵。」

這天下午，軍營裡舉辦了由三萬人參與的大型閱兵集會，維克辛和我占了一個好位置，距離總督和阿富汗國王不遠，阿富汗國王戴著一頂高高的黑色羔羊皮帽，帽子中間有一顆很大的星形鑽石。這次閱兵典禮的前半段陽光普照，軍團全都步伐整齊，他們的腿像是撥浪一樣同時移動，槍枝全都對齊成了一條筆直的線，看得我們的眼睛都花了。接著騎兵上場了，他們順著優美的歌曲〈漂亮鄧迪鎮〉一路小跑，維克辛則坐在她的狗推車裡豎起了耳朵。騎兵連的第二中隊從我們面前跑過，我看到了昨晚那隻騎兵馬，他的尾巴像絲綢，頭顱貼在胸前，一隻耳朵向前、另一隻耳朵向後，替整個中隊調控節奏，他那四條腿的動作流暢得就像華爾滋。接著出場的是大砲，我看到兩支尾巴和另外兩隻大象用馬具拉著十八公斤重的攻城大砲，他們後面還有二十對背著牛軛的公牛。第七對牛背上的牛軛是新的，他們看起來疲憊又僵硬。最後上場的是螺紋砲，騾子比利前進時的姿勢彷彿由他負責指揮整個連，他的馬具已上了油、擦得閃閃發亮。我單獨為騾子比利發出了一聲歡呼，但是他從頭到尾都沒有看向兩旁。

雨水開始落下，霧一度大到我們根本看不見閱兵隊伍在做什麼。他們在草地上圍成了一個巨大的半圓，接著往外擴散成了一條直線。那條線不斷變長、變長再變長，直到由左至右共有一公里長——變成了一面以人類、馬和大砲組成的密實牆壁。接著這座牆直直的衝向總督和阿富汗國王，隨著他們愈靠愈近，地面開始顫抖，就像蒸汽船的引擎運作得太快時，甲板會不斷震動一樣。

除非你也在場，否則絕對無法想像這列閱兵隊伍朝觀眾直直衝來的景象有多嚇人，就算你知道這只是閱兵，也一樣會害怕。我看向阿富汗國王。直到閱兵隊伍衝過來之前，他都沒有顯露出一絲驚訝的跡象或其他情緒，但是現在他的眼睛睜得愈來愈大、愈來愈大，他拿起了馬脖子上的韁繩，看向背後。有那麼一分鐘，他似乎在考慮要不要抽出他的劍，朝後方殺出一條血路，穿越一圈又一圈坐著英國男女的馬車逃離這裡。接著閱兵隊伍停止前進，地板也停止了震動，整排隊伍一齊敬禮，三十個樂隊同時開始演奏。

閱兵典禮就這麼結束了，軍團在雨中各自回到他們的營地，步兵營的樂隊開始演奏……

動物前進時兩兩成對，

萬歲！

動物前進時兩兩成對，

大象和背著大砲的驢子，

全都走進了方舟，

因為他們要躲雨！

接著我聽到和阿富汗國王一同前來的一位中亞統帥向一位當地長官提問，那位統帥年紀蒼老，留著一頭灰白色的長髮。

「那麼，」他說，「你們是如何準備這麼出色的表演的？」

當地長官回答：「我們下了命令，他們服從命令。」

「但是那些野獸也和人類一樣聰明嗎？」統帥說。

▲當地長官捻了捻鬍子說：「這就是為什麼你們不服從的阿富汗國王，卻必須到這裡來服從我們總督的命令。」

「他們像人一樣服從命令。騾子、馬、大象或閹牛，他們都服從主人的命令，他們的主人服從上士的命令，上士服從中尉的命令，中尉服從上尉的命令，上尉服從上校的命令，上校服從指揮三軍團准將的命令，准將服從上將的命令，上將服從總督的命令，總督則是大英帝國的僕人。這就是我們的訓練方式。」

「要是阿富汗也是如此就好了！」統帥說。「我們向來只服從自己的意願。」

「這就是為什麼，」當地長官捻了捻鬍子說，「你們不服從的阿富汗國王，卻必須到這裡來服從我們總督的命令。」

〈營地動物的閱兵之歌〉

大砲隊的大象：

我們出借給亞歷山大的，是海克力斯的力量，
是我們前額內的智慧，是我們膝蓋中的靈巧；
我們垂下脖子入軍服役；往後再也無法解開繩索——
你們快讓路，快讓路給高達三百公分的隊伍，
讓路給重達十八公斤的大砲！

拉大砲的閹牛：

套上馬具的馬兒會避開加農砲，
對火藥的了解使每匹馬都苦惱；
接著我們出現了，再次拉動大砲——
你們快讓路，快讓路給二十對牛軛，
讓路給重達十八公斤的大砲！

騎兵馬：

以我肩上的烙印為名，聽那美麗的旋律，
演奏的人是槍騎兵、輕騎兵還有重騎兵，
讓騎兵馬一路小跑的〈漂亮鄧迪鎮〉，
遠比〈清馬廄〉或〈帶馬喝水〉的小號聲更加動聽！

之後餵養我們、馴化我們、訓練並梳理我們，
給我們優秀的騎師和寬敞的空間，
把我們送進中隊的行列，
看看戰馬小跑與〈漂亮鄧迪鎮〉如何搭配！

螺紋砲連的騾子：

我和同伴們快速攀上山丘，
在滾落的石頭中迷失道路，但我們繼續前行；
因為我們能沿著彎路翻山越嶺，我的騾夫啊，想去哪裡都行，

我們最開心的是爬上山頂，之後還有餘裕繼續前進！

有些上士讓我自己選路前行，祝這些上士好運；
有些騾夫不懂如何整理馱貨，祝這些騾夫倒楣；
因為我們能沿著彎路翻山越嶺，我的騾夫啊，想去哪裡都行，
我們最開心的是爬上山頂，之後還有餘裕繼續前進！

軍需部的駱駝：
我們駱駝沒有自己的曲調，
能幫助我們往前進，
但每隻脖子都是長了毛的長號，
（叭——叭、叭、叭！是長了毛的長號！）
這就是我們的行軍歌曲；
不要！不想！不該！不能！
順著隊伍傳下去！
有駱駝的馱貨從背上滑落，

真希望是我的馱貨！
有駱駝的馱貨在半路掉落——
為休息與口角歡呼！
嗚——呀——噢——啊——！
有駱駝聽見這首歌啦！

所有動物合唱：
我們是軍營的孩子，
我們服務時各司其職；
我們是牛軛與刺棒、包裹與馬具，
還有鞍座與馱貨的孩子。
看我們的隊伍穿越平原，
就像再次彎曲的絆馬索。
筆直前進、蜿蜒前進、搖晃前進，
我們一路掃蕩到戰場去！
人類在我們身邊同行，

風塵僕僕，沉默不語，沉重的眼皮，
不知道我們或他們自己，
為何要日復一日的受苦前進。

我們是軍營的孩子，
我們服務時各司其職；
我們是牛軛與刺棒、包裹與馬具，
還有鞍座與馱貨的孩子。

The JUNGLE BOOK

The JUNGLE BOOK